Herbert Rosendorfer

Kadon, ehemaliger Gott

HERBERT ROSENDORFER

Kadon, ehemaliger Gott

ROMAN

KIEPENHEUER & WITSCH

1. Auflage 2001

Umschlaggestaltung: Rudolf Linn, Köln
Gesetzt aus der Garamont Amsterdam (Berthold)
bei Kalle Giese, Overath
Druck und Bindearbeiten: GGP Media, Pößneck
ISBN 3-462-02971-1

Für Julia

Mein Name ist Kadon (auch: Cadon, Kaedhon, Cadonch, Kahtong u. ä.). Vielleicht bin ich *Gott* Kadon. (Ich bleibe der Einfachheit halber vorerst bei dieser einen Schreibweise: Kadon.) Ich weiß nicht, ob ein Gott, an den niemand glaubt, ein Gott ist. Ich bin der Gott der Insel Gefion. Gefion-Eiland, auch Ghephion, Gäffion, Kaewion u. ä. Die Einwohner von Gefion-Eiland würden (vielleicht?) an mich glauben, wenn es auf Gefion-Eiland Einwohner gäbe. Es gibt aber keine Einwohner.

Gefion-Eiland liegt weit im Süden, so weit im Süden, daß dort der Süden der Norden ist sowie der Norden der Süden. Ob der Westen der Osten ist und umgekehrt, weiß ich nicht, ich wüßte es, wenn die Sonne aufginge, aber die Sonne geht hier nicht auf. Wäre ich ein Gott, das heißt, gäbe es Einwohner auf Gefion-Eiland, gäbe es wenigstens *einen* Einwohner (welches Wort sodann einen, allerdings etymologisch nicht zu rechtfertigenden Doppelsinn hätte) und glaubte dieser Einwohner vielleicht an mich, könnte ich wahrscheinlich die Sonne aufgehen lassen. Freilich erhöbe sich dann die Frage: *wo*? Im

Westen oder im Osten? Die Sonne im Süden oder gar im Norden aufgehen zu lassen, würde mir, im Fall der Fälle, der aber, fürchte ich, nicht eintreten wird, zu angeberisch erscheinen.

*

Wir waren 18. Die 782 anderen verschluckte das kalte Wasser. Das Wasser (grün mit schwarzen Schlieren und trüben Wolken aus Eis) schwappte wie Öl. Die 782 anderen fielen, ohne daß ein Spritzer aufsprang, ins Nichts, glitten ins Nichts. Ob sie sofort erfroren oder ertranken, war nicht festzustellen.

Bei den 18 Überlebenden handelt es sich um:

Spiegelstrich 1. Frau Lorna Finferli

– ich habe ein Computer-Diktier-System. Ich sitze auf einem Korbstuhl und diktiere. Den Befehl »Spiegelstrich« hat der Computer nicht verstanden, das heißt, er hat nicht verstanden, daß es sich dabei nicht um ein Wort, nämlich das Wort »Spiegelstrich«, handelt, sondern um jenen schrägen Strich vor den einzelnen Teilen einer Aufzählung oder dergleichen, den man aus mir nicht erfindlichen Gründen »Spiegelstrich« nennt. Ich unterlasse also bei der Aufzählung nunmehr den Befehl »Spiegelstrich«. Vielleicht trage ich ihn von Hand nach. Also:

/ 1. Frau Lorna Finferli;

/ 2. der mir namentlich nicht bekannte Vorsitzende der »Ges. der Freunde der Nebenerwerbsbriefträger«;

/ 3. Herr Butter Barfuß (ich wußte bis dahin nicht, daß »Butter« auch ein Vorname ist);

/ 4. Frau Thea Schmollhuber;

/ 5. Herr Lorenz Heinrich Minimeier (für die richtige Schreibweise des -meier kann ich mich nicht verbürgen);

/ 6. Odinea Contessa Faraoné;

/ 7. Herr Zwirgschütz; es mag sein, daß das nicht sein Name, sondern sein Beruf war; dabei bleibt unklar, welche Aufgabe ein Zwirgschütz erledigt;

/ 8. Herr v. Gnalkow;

/ 9. Herr Marcel Rolls-Reuß (fast blind);

/ 10. und 11. das Ehepaar Bohnenblust; sie hieß Sophie, er Kurt mit einem Mittelinitial, etwa W., aber auch dafür kann ich mich nicht verbürgen;

/ 12. Herr Heinz Troppschuß;

/ 13. Herr Knut Woblisting;

/ 14. und 15. ein Ehepaar Bischof aus Unzhurst (ich weiß nicht, welcher Konfession das Ehepaar angehörte; war die Frau katholisch, so mutet ihr Name, also »Frau Bischof«, unangebracht an, obwohl sich in Rom in der Kirche S. Prassede eine Zeno-Kapelle findet, in der es ein Mosaik gibt, auf dem eine »Episkopa«

dargestellt ist; Herr Bischof, an dessen Vornamen ich mich nicht erinnere – sowenig wie an den der Frau –, hat in, ich glaube, Fulda ein Matratzengeschäft betrieben, dessen Firmenname ausweislich der Visitenkarten, die Herr Bischof unmittelbar nach unserer, wenn man so sagen kann, Rettung verteilte, »Der Matratzenbischof« lautete; der damalige eigentliche Bischof von Fulda habe, so Herr Bischof, trotz bekannt engstirniger Ansichten nichts dagegen einzuwenden gehabt;

/ 17. Herr Fortunat Altvogel, Posaunenwart aus Wewelsfleth, und

/ 18. ich.

Der Matratzen-Bischof hatte nicht genug Visitenkarten bei sich, lediglich elf Stück. Er selber und seine Frau brauchten keine, das Ehepaar Bohnenblust bekam gemeinsam nur eine, Herr Rolls-Reuß entfiel als Empfänger, da er als Halb- oder Dreiviertel- oder eher schon Vierfünftelblind die Karte ohnedies nicht lesen konnte, Herr Troppschuß war der Schwager der Frau Bischof (das heißt, wenn ich mich recht erinnere, Frau Troppschuß, die zu den 782 Entglittenen zählte, war die Schwester der Frau Bischof gewesen) und kannte also Namen, Firmennamen und Adresse, und Herr v. Gnalkow erklärte, er verzichte, da er sich jeden Namen sofort für immer merke, namentlich einen solch komischen wie »Matratzenbischof«. Somit reichten die Visitenkarten. (Ich hoffe, ich habe richtig gerechnet.)

»Wieso komisch?« fragte Herr Bischof.

»Nun ja nun«, sagte Herr v. Gnalkow, »soll sich der Bischof von Fulda zur besseren Unterscheidung ›Seelen-Bischof‹ oder ähnlich nennen?«
Ich wollte auch auf die mir zugedachte Karte verzichten, damit Herr Bischof eine Reserve von immerhin einer Karte behalten könne, aber er sagte:
»Ich glaube nicht, daß ich hier am Arsch der Welt noch weitere Verwendung für Geschäftskarten habe.«
Womit er recht behielt. Daß die Insel Gefion-Eiland heißt, wußten wir noch nicht. Oder: nur ich wußte es, die anderen siebzehn aber nicht.

*

Stellen Sie sich, bitte – ich fordere auch große Aufmerksamkeit beim Lesen dieser Stelle, damit die ungewöhnlichen, außergewöhnlichen, ja alles Vorstellbare übersteigenden Schwierigkeiten der Situation klar werden, denen wir ausgesetzt waren –, stellen Sie sich, bitte, einen Lehn- und Armstuhl gigantischen Ausmaßes vor, der knapp bis zur Sitzfläche im Wasser steht, und zwar in dem beschriebenen, ölig-eisigen, grünen, von schwarzen Schlieren und hellen, bauschartigen Flecken durchzogenen Wasser. So sah Gefion-Eiland von dieser Seite aus. Die beiden zerklüfteten »Armlehnen«, die linke etwas höher als die rechte, ragten überhängend, etwa – schätzungsweise –

zwei- bis zweihundertfünfzig Meter hoch, steil abfallend ins Meer. Die beiden sozusagen korrespondierenden Spitzen (diesmal die rechte höher), schätzungsweise 2000 Meter hoch, eisbedeckt bis weit herunter, waren, weil nebelverhangen, nur undeutlich zu sehen. Vor uns, bis sozusagen zur »Rückenlehne« des »Armstuhls«, zog sich eine leicht ansteigende, mit Geröll bedeckte Ebene hin, die in einen nicht ganz so steilen Abhang überging, der sich zu einem (etwa, schätzten wir, 900 Meter hohen) Sattel hinaufschwang, der die beiden korrespondierenden Spitzen verband. Oder: eine Kathedrale, die Front einer Kathedrale mit zwei spitzen Türmen und je einem tatzenartigen, niedrigen Vorbau an jeder Seite, die Tatzen ins Wasser hängend - so ungefähr.
»Unwirtlich« ist eine Schmeichelei für die Gegend. Der Wind fing sich, als ob man in eine Kelle blase. Die Damen hielten sich krampfhaft an Felsblöcken fest. Dennoch wurden sie bald alle fortgeweht.

*

Oder: eine Gabel mit zwei Zinken, die ein Meeresriese aus dem Wasser emporhält. Dieses Bild würde das Drohende einschließen, das, wie sich denken läßt, von der Insel ausging. Von *dieser* Seite der Insel; wie die andere Seite aussieht, wußten wir nicht. Hier, auf dieser Seite, war alles grau. Dunkelgrau, mittelgrau, hellgrau, steingrau, mausgrau, rattengrau, staubgrau, kiesgrau, aschgrau, selbst das Grün, das Weiß, das Blau – spärlich alles – war, wenn man so sagen kann, grau. Nur das Schwarz behauptete sich etwas, und ab und zu ein Schwefelgelb am Horizont. Man hat nicht den Eindruck, daß man von hier aus jemals den blauen Himmel sieht.

Das Ufer ist steil, eine Kante, kein Strand oder so etwas, mehr oder weniger flach hinausgehend, nein: eine Kante. Sozusagen knapp überhalb des Meeresspiegels (des ölig-eisigen, schlabbernden Meeresspiegels) wie eine Kante steil nach unten in die Tiefe kippend. Das war unser Glück, das heißt das Glück für uns achtzehn. Das Schiff – was für ein Blödsinn, so eine Kreuzfahrt zu unternehmen – schlug wie ein geschleuderter Ball gegen die Kante. Der Schlag riß es in Stücke. Achtzehn der Passagiere flogen an Land, 782 (darunter die gesamte Besatzung, auch der Kapitän, der sich, wie sein letzter Ausruf »Merde!« vermuten läßt, im Kurs geirrt hatte) flogen ins Meer hinaus, wo sie in dem Eiswasser vermutlich sofort zu Klumpen gefroren und in die schwarz-grüne Tiefe versanken.

Frau Schmollhuber brach sich den linken Arm, der Herr, der möglicherweise den Beruf des Zwirgschützen ausübte, erlitt eine Gehirnerschütterung, Frau Bohnenblust brach sich mehrere Rippen, sehr schmerzhaft, stöhnte die ganze Zeit, auch noch, als sie am siebten Tag (sofern man hier von Tag und

Nacht reden kann) vom verstärkt aufkommenden Sturm weggeblasen wurde. Alle anderen kamen mit Prellungen und Hautabschürfungen davon.
Die Reste des Schiffes schwammen noch eine Zeitlang auf den schwappenden, langen Wellen, dann versanken auch sie; einiges – wir achteten nicht darauf – wurde hinaus in die Nacht getrieben, die hier als Tag gilt.

*

Aber nicht so, daß es stockdunkel ist, die Hand nicht vor den Augen sichtbar und so weiter. Man erinnere sich an das Grau! Selbst die Nacht war mit Grau überzogen oder durchzogen, eine graue Dämmerung aus dunklem Glas, mit wenigen schwefelgelben Adern durchwirkt.
O Gefion! Unsel'ges Gefion. Ob die kläglichen Pflanzen (Flechten, Moose, kümmerliche Gräser, ein paar kniehohe Büsche, ich kenne mich nicht aus, fragen Sie mich nicht nach den botanischen Bezeichnungen), ob die Pflanzen ihr Geschick beklagen, ausgerechnet hier wachsen zu müssen? an dieses Gestade ihr einziges Leben verschwenden zu müssen? wo andere Gräser, begnadet, in der Toscana wachsen?
Herr Bischof, der behauptete, von Botanik etwas zu verstehen, benannte ein paar der Moose und Gräser, übrigens auch ein paar Pilze – Herr Troppschuß aß

einen im Hungerwahn, verfiel sofort in Krämpfe, trank Meerwasser und endete später unter Zuckungen. Er war der erste Tote nach dem Schiffbruch – am dritten Tag entdeckten wir hinter einem großen Felsbrocken nah der Stelle, wo die flache »Sitzfläche« zur steileren Lehne, zu dem Grat anzusteigen begann, einen Busch mit einigen blaßroten Beeren. So blaß das Rot auch war, wirkte die Farbe hier wie eine Sensation, eine optische Explosion förmlich. Herr Bischof sagte, das sei eine »Blaubleixe«.

»Aber die Beeren sind doch rot?!« sagte ich.

»Im Herbst werden sie blau«, sagte er.

Aber wann ist hier Herbst? Wenn es einen gab (wir fuhren im Frühjahr aus Kapstadt ab), erlebte ihn Herr Bischof nicht. Er wurde in der zweiten Woche ins Ewige Matratzenlager heimgerufen. Der Posaunenwart Altvogel aß, trotz Warnung seitens Herrn Bischofs, einige der roten Beeren. Es passierte aber gar nichts.

»Wahrscheinlich«, sagte Herr v. Gnalkow hinter vorgehaltener Hand, »haut einen, der aus Wewelsfleth kommt, nichts um.«

*

O, unsel'ges Gefion! O, selige Gefion, St. Gefion! Beata Ghefione, Santa Guefionna, Haghia Ghephyona – was nicht alles südländische Sprachen

für Buchstaben an Dich ankristallisieren, um einen Zischlaut an Deinem Kopf zu vermeiden. O Santa Ghefiona, Du Vanin, Du Asin, Du Patronin der Jungfrauen! Ora pro nobis!
Hast *Du* diese unselige Insel, Gefion-Eiland, vom Land der Seligen ins Meer gepflügt? Warum hat auch das Schiff, mit dem diese blödsinnige Kreuzfahrt (von Santiago de Chile aus, oder Kapstadt, glaube ich) unternommen wurde, »M. S. Gefion« geheißen?

»Schweige du, Gefjon, nimmer vergeß ich's,
wer zur Lust dich verlockt;
Der blonde Bursche bot dir den Schmuck,
da schlangst du die Schenkel um ihn.«

So, so. Und Patronin der Jungfrauen. Ora pro nobis. Steht für Dich eine Kirche in Rom? Santa Guefiona ad Ianiculum? Von Borromini in seiner besten Zeit erbaut? 1650?
Ora pro nobis. Hilf uns, daß wir über den Sattel da oben, neunhundert Meter über dem Meer, kommen. Keiner von uns achtzehn hat zwar eine Ahnung, wie es jenseits des Sattels, auf der anderen Seite der Insel, aussieht, aber schlimmer als hier kann es nicht sein.
Hast Du, o Gefion, Patronin der Jungfrauen, die ihre Schenkel um eines Schmuckes willen schlingt, diese Insel, die ich Dir zu Ehren so benannt habe, mit Deinem Gespann aus vier Ochsen, die Deine Söhne sind, aus der Raum-Zeit-Konstante gepflügt?

Ora pro nobis, daß es uns gelingt, einen Weg nach oben zum (rettenden?) Sattel zu finden. Neunhundert Meter Höhenunterschied. Ora pro nobis. (Bei *wem* sollst Du bitten? Bei *Mir*? Glaubst Du an mich? Wenn ich dafür an Dich glaube, Gefion, Ghefiona, Ghephyon, Guefionna? Reicht es, damit ein Gott Gott ist, zum Beispiel Gott Kadon, also ich, wenn der Gott an sich selber glaubt?) Wir sind gar nicht mehr achtzehn. Die Frauen sind fortgesogen worden, auch Professor Rolls-Reuß, der geheult hat wie eine Rakete, als der schwarz-graue Sturm ihn geholt hat, sowie Herr Troppschuß, der vom Pilz gegessen hat, macht sieben, bleiben elf. Elf Visiten- oder Geschäftskarten hatte Herr Matratzen-Bischof bei sich. Sollte das ein Zufall gewesen sein? Wir machten uns am Ende der zweiten Woche auf den Weg nach oben.

*

Ich wollte die Welt erschaffen. Ich hätte die Welt anders erschaffen, ich, Gott Kadon. Der Andere ist mir zuvorgekommen. Je mehr an einen Gott glauben, desto stärker ist dieser Gott. Das war mir leider nicht klar; dem Anderen schon. Er, der Andere, hat seinen Abraham aus Ur in Chaldäa herausgeführt und, wie er sich auszudrücken beliebte, seinen, des Abraham Samen zahlreich gemacht wie

der Sand am Meer. Das ist stark übertrieben, aber ziemlich zahlreich gemacht hat er den »Samen des Abraham« doch.
Und an mich, der ich versäumt hatte, einen Abraham oder Bebraham oder Cebraham aus Ur in Chaldäa herauszuführen (es hätte genug gegeben, dort), glaubt niemand, und ich sitze auf diesem Eiland, das ich Gefion nenne und das ich nur deshalb nicht als gottverlassen bezeichnen kann, weil ja ich dort sitze, Gott Kadon.

*

Ich muß mich oben verzählt haben. Wer war Nummer sechzehn? Ich kann mich nicht erinnern. Hatte auch Herr Woblisting (Nr 13) seine Frau dabei oder eine Dame, die in enger Beziehung zu ihm stand? Oder der Zwirgschütz? Eine Baronin v. Gnalkow jedenfalls gab es nicht, auch keine Frau Rolls-Reuß. War es ein so blasser Mensch, daß mein Gedächtnis ihn ausgesiebt hat? Ein Mensch so grau wie die ganze Insel, so daß er sich nicht von der Umgebung abhob und sozusagen unsichtbar blieb? Oder Herrn Bischofs Geliebte? Einem Matratzen-Bischof traue ich derlei zu: daß er – des ewigen Jammerns seiner Zweitfrau müde: »Immer fährst du mit ihr! Wir fahren nie miteinander länger als zwei Tage fort – deine Geschäftsreisen ... vierzehn Jahre geht das jetzt so …« und so fort – unter strengsten Sicherheitsvorkehrungen sowohl Frau als auch Geliebte mit auf die Kreuzfahrt genommen hatte, Geld hatte er ja genug, in Matratzen praktisch Monopolist oder Marktbeherrscher in Fulda. Mit der Frau teilte er die Kabine. (Seufzend läßt sich die Geliebte vernehmen, aber »anders geht es eben nicht; außerdem, in der Hinsicht läuft schon längst nichts mehr zwischen ihr und mir …« Wer's glaubt.) Die Geliebte in Einzelkabine. Es geht, denn die Geliebte kennt zwar Frau Bischof vom Sehen (von fern), nicht aber Frau Bischof die Geliebte, logisch; weiß nichts davon. Wer's glaubt. Oder sie tut so, aus Klugheit; lieber den halben Mann behalten als sitzengelassen, und sie ist immerhin die legale Ehefrau und braucht nicht versteckt zu werden. Mag sein, aber jedenfalls kennt sie sie nicht, weiß nicht, wie sie heißt und aussieht, und hält ihren Matratzen-Bischof zu allem Möglichen für fähig, nur nicht für so eine Frechheit. Für so eine Frechheit nicht. Wenn die Alte, wie üblich, nach dem Mittagessen schläft, huscht Herr Bischof in die andere Kabine …

Ist alles gutgegangen, wenn angesichts dieses moralischen Höllenabgrundes das Wort »gut« angebracht ist. Für Matratzen-Bischof ein Paradies? oder die Hölle? Ständige Angst, daß die Sache auffliegt?

Als der Große Wind kam, am siebten Tag, und die Kräfte der Damen erlahmten und sie fatalerweise fast gleichzeitig, kurz nacheinander, eine nach der anderen fortgewirbelt wurden wie welke Blätter, hinaus auf das in diesen Stunden hochaufschäumende, brüllende, schwefelgelb-braun-graue Meer, in diesen Orkus von eisig-nassem Gebrüll, um sogleich endgültig verschluckt zu werden, flogen vielleicht Frau Bischof und die Geliebte kurz nebeneinander hinaus, und die Geliebte schrie: »Ich bin die Geliebte Ihres Mannes, damit Sie es wissen –«

»Schlampe!« kreischte Frau Bischof und versank ins schwere Nichts.

Auch Prof. Rolls-Reuß schrie, der einzige von den Männern, der hinausgesogen wurde. Ich verstand nicht, was er schrie, aber Butter Barfuß behauptete, er habe etwas wie ›die Welt brauche ihn noch‹ geschrieen.

Ich wüßte nicht, wozu.

Schade aber ist es um Lorna Finferli.

*

Ich sitze abwechselnd auf der einen und auf der anderen Spitze meiner Insel. (Eine Anmerkung: Sie hat nicht immer Gefion-Eiland – englisch: *Saint-Gefion-Island*? – geheißen. Ihr früherer Name war »Kronprinz-Ferdinands-Land«.)

Als Gott habe ich sechs Hände, also drei Paar. Mit einem Paar halte ich mir die Haare fest. Man hat schon von Göttern gehört, denen von den schauer-

lichen Orkanen (Sonnenwinden?), die in dieser Höhe wehen, die Haare weggerissen wurden. Mit dem zweiten Paar halte ich mir die Ohren flach aufgedrückt, um weniger Luftwiderstand zu bieten. Mit dem dritten Paar wärme ich meine Zehen. Mein Bart wächst. Jeden Tag wächst mir *ein* Haar, dies aber von etwa zwei Metern Länge. Wie dieses Haar wächst, habe ich nie gesehen oder gespürt. Es ist nämlich so, daß es *da* ist, hervorgeschossen, wenn ich aufwache. An der Anzahl der Haare erkenne ich also, wieviel Tage ich schon hier bin. 86.222. Die erste Zeit war natürlich unschön. Stellen Sie sich vor: ein einziges Haar am ersten Tag, hier am Kinn, das Haar aber von zwei Metern Länge. Das zweite Haar von der Oberlippe aus ... und so fort. Erst mit der Zeit wurde der Anblick würdiger. Eines Gottes würdiger.
Ich – *ich* hätte die Welt anders erschaffen. Anders als jener Andere mit seinem Abraham, den er aus Ur in Chaldäa herausgeführt hat.

*

Woher weiß ich, daß es der siebte Tag war, an dem die weiblichen Mitglieder unserer elenden Gemeinschaft nebst dem seiner Meinung nach unersetzlichen Professor Rolls-Reuß davongeweht wurden? Die Messung der Zeit, der Tage ist nicht so einfach hier, wo der Norden der Süden ist und umge-

kehrt (man hat bei dem Gedanken ständig das Gefühl, auf dem Kopf zu stehen), wo keine Sonne und kein Mond aufgeht, wo alles grau in grau zu sein vorzieht und die Uhren ständig falsch gehen ... das hängt, laut Herrn Minimeier, der davon etwas zu verstehen behauptet, damit zusammen, daß die Insel St. Gefion, früher Kronprinz-Ferdinands-Land, ein Magnetstein ist, womöglich ganz und gar aus Eisen, total verrostet und vom Salzwasser zerfressen. Obwohl keine Rostfarbe zu sehen ist, kein Rostbraun, nur, wie gesagt, Grau. Man entwickelt allerdings, wenn man länger hier ist, länger hier zu sein gezwungen ist, einen erstaunlichen Sinn für die Beobachtung der feinen und feinsten Abstufungen von Grau. So enthält das Grau des einen, leicht löffelförmigen Felsblockes - jener, an den sich Frau Thea Schmollhuber zuletzt geklammert hatte - eine leichte, eine winzige Spur von Gelb, einen Hauch von Gelb, einen Gelbhauch, mehr zu ahnen als zu sehen. Mein bevorzugter Felsbrocken, der ein wenig wie der Kopf eines Nashorns aussieht, zeigt einen Hauch von hellerem Bordeaux-Rot, und so weiter. (Herr Altvogel hat übrigens den löffelartigen Felsbrocken von weiland Frau Bischof übernommen, weil er seinen, einen Stein von gekröseartigem Aussehen, als unschön empfindet.)
Zum Glück können wir die Zeit mittels unserer Schublehre messen. Herr von Gnalkows Bart wächst pro 24 Stunden exakt 0,2 Zentimeter. Herr Bohnen-

blust (Witwer Bohnenblust nunmehr) hält das Barthaar senkrecht, Herr Zwirgschütz mißt.

*

Einer der Felsbrocken, er liegt weiter drüben, ist übrigens ein seltsamer Quader. Da in der Natur, jedenfalls in Größenbereichen oberhalb der Atome, keine geometrisch exakten Körper vorkommen, ist dieser Quader ein Rätsel. Seine Kanten sind haarscharf und gerade, wie vom Lineal gezogen. Rechte Winkel von äußerster Genauigkeit. Herr Zwirgschütz (oder: der Zwirgschütz) hat nachgemessen. Der Quader ist aus Eisen, aber nicht verrostet, also Stahl; poliert. Er steckt im Boden, und zwar schräg, nur eine Ecke ragt heraus und bietet den Anblick einer unregelmäßigen dreiseitigen Pyramide. Da keine Kantenlänge vollständig zu sehen ist, ist nicht festzustellen, wie groß der ganze Quader ist, wie weit er sich in die Erde hinein erstreckt. Ob er überhaupt ein Quader ist? – vielleicht unterhalb der Oberfläche ausgefranst? zu ganz anderen, geheimnisvollen Formen?
Ich nenne ihn Kaweh. Es scheint unmöglich, daß dies nicht von Menschenhand gemacht ist. Aber wer weiß – Kristalle nähern sich bekanntlich geometrisch exakten Formen. Vielleicht ist der Quader ein stählerner Urkristall?

*

Die Kiste mit Eiern war natürlich unbrauchbar geworden. Als Herrn von Gnalkows Bart 1,8 cm lang war, entdeckte der Zwirgschütz, der trotz seiner Gehirnerschütterung ständig herumlief oder besser, -krabbelte, über Geröll und Felsen hinüber- und wieder herüberstieg und halb fiel, ganz hinten eine Kiste mit Bier. (Ungefähr dort, wo er kurz vorher den stählernen Quader Kaweh gefunden hatte.) Die Kiste war unversehrt und die 48 Flaschen auch. Erst glaubten wir, daß es sich bei dieser Bierkiste um einen ebenso rätselhaften, ja mythischen Fund handle wie beim stählernen Quader Kaweh, aber eine eingebrannte Inschrift auf der Kiste belehrte uns, daß sie von »M. S. Gefion« stammte. Unversehrt! Ein Wunder.

Sie müssen sich vorstellen, wie schon erwähnt, daß das Steilufer Gefion-Eilands wirklich wie eine Tischkante in die Tiefe gleichsam rast. Geht die See hoch, lecken die (ölig-schwappenden) Wellen nahe der Oberkante. So auch damals, am Tag des Bartes 0,0 mm des Barons v. Gnalkow; und dann stellen Sie sich bitte vor, man schleudert mit aller Wucht eine Porzellan-Schale gegen diese Tischkante. So unser Schiff. Aufgrund physikalischer Gesetze, die uns der Zwirgschütz (hat dieser Beruf, wenn es einer ist, damit zu tun?) trotz seiner Gehirnerschütterung unerbittlich zu erklären versuchte, aber so ungeschickt, daß es niemand verstand, flog der Großteil der Scherben, also der Trümmer des Schiffes, darunter 782 Passagiere (einschließlich der Besatzung gerechnet), aufs Meer zurück und hinaus, ein ganz kleiner Teil, unter anderem wir achtzehn, die Eier- und die Bierkiste, aufs Land. Die Eierkiste war, wie gesagt, zerdeppert, die Eier eine Soße aus Dotter, Eiweiß und Schalen, unbrauchbar; die Bierkiste, ein Wunder, unversehrt.

*

Als erste flog Frau Schmollhuber, die sich wegen ihres gebrochenen Arms nicht ordentlich festhalten konnte. Ein schauerliches Bild: als ob man, wie schon beschrieben, in eine Kelle blase, oder: als ob man den mächtigen Strahl eines Gebläses in eine Kelle leite, in diese kellenartige, muldenförmige Einbuchtung in die felsige Insel – ein Heulen von diabolischem Ausmaß. Ein Sturm, der gewohnt ist, auf nichts Rücksicht nehmen zu müssen, wenn diese Personifikation eines Naturphänomenes erlaubt ist … Wir verkrochen uns hinter Steinen. »Auf die Windseite!« schrie Herr v. Gnalkow – richtig!, denn dann preßte einen der Orkan gegen den Stein und, wenn es einen auch so zusammenquetschte, daß einem schier der Atem verging, war man davor sicher, davongeweht zu werden.
»Nein!« schrie Frau Bohnenblust (»Sie weiß immer alles besser«, sagte Herr Bohnenblust danach, verbes-

serte sich noch: »wußte.«). »Nein! *hinter* den Felsen.« Sei es aus Trotz, aus feministischer Solidarität, aus physikalischer Unvernunft oder aus welchen Gründen immer, alle Frauen folgten dem Rat der Frau Bohnenblust, und es kam, wie es kommen mußte: eine nach der anderen ging ab. Der durch den Windschatten hinter den Felsen entstehende Sog (so der Zwirgschütz danach) riß die Damen aus ihrem Versteck, schleuderte sie in die Höhe, wirbelte sie in das Rund der Kelle, knallte sie - zum Teil - gegen die Felswände und schnellte sie endlich hinaus aufs Meer.
Schade ist es um Lorna Finferli. Wenig älter als zwanzig Jahre. Der Orkan entkleidete sie restlos, bevor er sie hinausblies. Selten habe ich ein glorioseres weibliches Hinterteil gesehen als das Lorna Finferlis. Leider nur wenige Augenblicke. Ein fleischlicher Komet - schade. -

*

Das mit der Bierkiste war dann schon danach. Wir merkten etwas, weil der Zwirgschütz unzweifelhaft einen Rausch hatte. Er hatte uns nämlich seine Entdeckung verschwiegen. Wie wir später rekonstruierten, hatte er zunächst nur eine Flasche mittels seines sog. Schweizer Armee-Messers geöffnet und ausgetrunken. Da merkten wir noch nichts.

Am nächsten Tag zwitscherte er mindestens drei Flaschen. Da kam er uns schon merkwürdig vor, als er von seinem üblichen Spaziergekrabbel zurückkam, aber wir führten das auf seine Gehirnerschütterung zurück. Nur der Baron mit seiner feinen Nase für alles Alkoholische (»baltisches Erbe«, sagte er) glaubte da schon leichten Bierdunst wahrzunehmen. Am nächsten Tag war es offensichtlich. Der Zwirgschütz lachte blöd, konnte kaum aufrecht stehen – der Posaunenwart Altvogel, der stärkste von uns allen, schüttelte ihn so lang, bis er sein Geheimnis preisgab. Wir holten die Kiste. Der Rest (knapp 40 Flaschen) wurde gerecht verteilt (der Zwirgschütz bekam natürlich nichts mehr), und dann hatten wir alle einen Rausch.

*

Oder wie eine Fratze. Stellen Sie sich eine Fratze vor, einen menschlichen oder besser gesagt: teuflischen Kopf mit zwei stumpfen Hörnern, streckt die Zunge heraus, und der Kopf ragt nur so weit aus dem Wasser, daß die herausgestreckte Zunge flach auf der Wasseroberfläche liegt – und das alles von einem gütigen Gott in grauen Stein verwandelt: das ist unsere Insel St. Gefion. Wobei die Frage nach der Güte jenes Gottes auftaucht. Warum hat er nicht in seiner Güte den versteinerten Kopf in die

Südsee versetzt und mit schönen nackten Polynesierinnen bevölkert?
Irgendwie, das war uns sehr bald klar, müssen wir versuchen, über den Kamm, zwischen den Hörnern der steinernen Fratze, auf die andere Seite zu gelangen. Hier auf dieser Seite ist jeder Gedanke an eine Rettung ausgeschlossen. Herr Bohnenblust kennt sich in den Alpen aus. Er hat einmal einen Berg namens Weißhorn erstiegen. (»Es lohnt sich aber letzten Endes nicht. Glauben Sie keinem, der etwas anderes erzählt.«) Er schätzt die alpinistische Schwierigkeit der Ersteigung dieses Grates oder Kammes hier auf St.-Gefion-Eiland auf »Stufe Fünf obere Grenze«. Das heißt, nur erfahrenste Bergsteiger mit optimaler Ausrüstung können so etwas bewältigen.
Und wir?
Wenn man muß, sagt Baron v. Gnalkow, kann man alles, und er habe schon ganz andere Dinge bewältigt. Wer's glaubt.

*

Die Kiste mit Eiern war, im Gegensatz zur Kiste mit den Bierflaschen, wie gesagt, nicht mehr zu gebrauchen. Als wir sie, die Eierkiste, fanden, waren die Eier alle zerbrochen und die Soße ineinandergelaufen und in Fäulnis übergegangen. Merkwürdige, sehr kleine stahlblaue Käfer fraßen sie. Herr v. Gnalkow schlug vor, nunmehr die Käfer, die ja offensichtlich mehr oder weniger aus den von ihnen gefressenen Eiern bestanden, zu essen. Er selber habe oft auf den wochenlangen Jagden in die wilden Forste Sibiriens (» – gehört das zum Baltikum?« fragte Herr Bohnenblust, wohl der Dümmste von uns, aber der Baron überhörte die Frage mit Mißachtung) fern von jeglicher Ansiedlung und selbst ohne die Möglichkeit, Feuer zu machen und so fort, nur vom rohen Fleisch der eben geschossenen Rehe gelebt. Zum Glück habe er wenigstens ein Säckchen mit Salz dabeigehabt, so daß er das rohe Rehfleisch wenigstens salzen konnte.

»Rohes Reh ist schön und gut«, sagte Butter Barfuß, »aber solche blauen Käfer? Und wir können sie nicht einmal salzen.«

Der Baron nahm einen Käfer, zerdrückte ihn zwischen Daumen und Zeigefinger und aß ihn. Es trieb ihm unverzüglich die Augen aus den Höhlen, und er rang nach Luft. Noch stundenlang danach entfuhren ihm furchterregende Winde, die ihn förmlich in die Höhe schnellten. Er mußte sich für einige Zeit von den anderen absondern. Auf seinen Vorschlag, die blauen Käfer zu essen, kam er dann nicht mehr zurück. Das alles war, als sein Bart 1,4 cm Länge erreicht hatte. Und so aßen wir weiter das harte, graue Moos, das sich nicht abrupfen ließ, nur abbeißen. Wir weideten also, wie jene orientalisch-christlichen Asketen in Syrien, die mit der Zeit zu einer

Landplage wurden, weil sie dem Vieh das Gras wegfraßen und von – im übrigen frommen – Bauern erschlagen wurden. Sie gelten seither als Märtyrer.

*

Ich bin Gott Kadon. Wer mich so genannt hat, weiß ich nicht. Ich selber keinesfalls. Oder Cadon, Kaedhon usw., wie gesagt. Was bedeutet »Kadon«? Bedeutet es überhaupt etwas? Bedeutet »Jehova« etwas? Ich meine: das *Wort* »Jehova«? Ich meine: etymologisch – ? Woher kommt überhaupt das Wort »Gott«? »Die zahlreichen Versuche, das germanische Neutrum *guota- ... auf seine indogermanische Wurzel zurückzuführen, haben ein formal zwingendes und bedeutungsmäßig voll befriedigendes Ergebnis bis heute nicht gezeitigt ...« Aha. Soweit das berühmte Grimmsche Wörterbuch. Am ehesten, meinen die beiden alten Märchenerzähler, sei plausibel, daß das Wort »Gott« vom indogermanischen *^ghau-, das soviel wie »rufen« bedeutet, herkomme, und zwar vom Partizip *^ghu-to –, was soviel wie »angerufen« heißt.
Ich bin der angerufene Kadon. Aber niemand ruft mich an. Wenn ich bereit bin, angerufen zu werden, bin ich dann ein Angerufener? selbst dann, wenn ich weiß, daß mich nie, in alle Ewigkeit nicht, jemand anrufen wird?

Werde es mir auch schwer überlegen, was ich dann tue, wenn ich doch eines Tages angerufen werden sollte.

Der Kadon der Insel St. Gefion. Der Kadon des Volkes Israel. Der Kadon Abrahams, Isaaks und Jakobs ... hatten wenig Glück mit ihrem Kadon. Wenn ich dieses Legenden- und Märchenbuch lese – nebenbei gesagt: auf weite Strecken großartig, wenngleich einige Durchhänger, z. B. das Buch »Numeri« –, dann scheint mir, daß den Kadon Israels folgende Überlegung geleitet haben muß: je mehr an einen bestimmten Kadon glauben, ihn verehren und ihm opfern, je mächtiger wird jener bestimmte Kadon. Deshalb war es im eigenen Interesse jenes Kadons, »den Samen Abrahams zahlreich wie den Sand am Meer« zu machen.

Und mit jedem, der aus seinem Samen geboren wurde, blähte es ihn etwas auf, den anderen Kadon; um etwas, eine Kleinigkeit blähte es ihn jedesmal auf, aber es summierte sich im Lauf der Zeit. Und so wurden die Macht und Gewalt und die Kraft und das Reich und die Throne und die Herrschaften und all dieser Krempel um ein Stückchen größer. Gerät in unbeschreibliche Wut, wenn sein Auserwähltes Volk ab und zu zur Unterhaltung ein wenig zu einem anderen Kadon oder zu einer hübschen, ansprechenden Kadonin hinüberschielt, läßt von seinen Propheten die wüstesten Drohungen hinausschleudern, die alle leere Drohungen sind, denn es gelingt dem

Kadon mitnichten, die Assyrer oder Ägypter zu zermalmen …

Schon ein merkwürdiger Kadon, dieser Kadon. Unberechenbar und launisch und offensichtlich völlig humorlos und nur darauf aus, daß der Geruch fetten Opferfleisches in seine Nase dringt. Er hat also, scheint's, eine Nase. Was anderes hat er auch, denn einmal heißt es in jenem Legenden- und Märchenbuch, er höre die Klagen seines Volkes nicht, weil er vielleicht gerade einmal »auf die Seite gegangen« ist.

Der Gott Kadon-Kadon, wer immer sich hinter dem Namen verbirgt, ist der Gott der Erde. Ist der Gott des Sonnensystems; ist der Gott der Galaxie; ist der Gott des Galaxienhaufens; ist der Gott des gekrümmten Raumes, der Quarks, der schwarzen Löcher … wenn es einen Kadon gibt, kann es, logisch eigentlich, nur Einen Kadon geben für das ganze Gekrümmte Weltall, und ob der sich um die Insel St. Gefion, ich meine: um die Welt kümmert? St. Gefion, diese trostlose Insel in Form einer versteinerten Fratze, zu klein für eine normale Landkarte, ist praktisch gleich groß wie die Welt, wie die Erde, aus deren eisigem Meer sie sich erhebt, gleich groß, gemessen an den Entfernungen in Schwarzen Gekrümmten –

Nein. Das Grimmsche Wörterbuch wurde nicht mit den – ursprünglich achtzehn – Passagieren, der Bier- und der Eierkiste ans Land geschleudert, als die »Gefion« zerschellte. Es war nicht einmal an Bord,

wie sich denken läßt. Ob jenes Märchen- und Sagenbuch des Auserwählten Volkes an Bord war, wird sich nicht mehr feststellen lassen. Es könnte sein: ja, doch. Aber an Land geschleudert wurde es nicht. Es ging unter, soff sich voll Eiswasser, platzte auf, ward vom Salzwasser zerfressen.
Woher ich dann das alles weiß? Weil ich Gott Kadon bin. Ich sitze abwechselnd auf der einen und auf der anderen Spitze meiner Insel, meines St. Gefion, meines Gefion-Eilands, und denke, und dabei fällt mir nach und nach alles ein, alles, was ich gelesen habe, und auch alles, was ich nicht gelesen habe.

*

Alles in allem, wenn man das so bedenkt, woran ich mich eben erinnere, frage ich mich: ob *Markion* nicht doch recht gehabt hat?

*

Bohnenblust war, wie schon erwähnt, der dümmste der Gruppe oder Gesellschaft, dieser zufälligen Gemeinde, wie schon erwähnt. Er war es auch, der den Fußball fand.
»Offensichtlich«, so Baron v. Gnalkow, »ist doch mehr Zeug an Land geschleudert worden, als wir

vermutet haben. Erst das Bier, dann die Eierkiste, jetzt der Fußball.« Er verfügte, daß in den folgenden Tagen sorgfältig und systematisch dieser ganze flache Teil der Insel »durchgekämmt« (wie er sich ausdrückte) werden solle. Er sei sicher, es finde sich noch einiges. Es war an dem Tag, als der Bart des Barons 2,6 cm maß. Leider wurde es zusehends noch dunkler.

Ob es wegen des schwindenden Lichtes war oder weil wir doch nicht genau genug suchten, oder ob nichts weiter ans Land geschleudert worden war, ist nicht auszumachen. Wahrscheinlich haben einige von uns nicht genau genug gesucht. Der Baron hatte den flachen Teil der Insel (also: die Zunge der steinernen Fratze) in, wie er es nannte, zehn »Planquadrate« eingeteilt und jedem eins zugewiesen. Ich mußte leider feststellen, daß Knut Woblisting, mein Planquadratnachbar, sich hinter einem Felsbrocken räkelte, statt zu suchen. Als er bemerkte, daß ich ihn gesehen hatte, tat er schnell, als suche er unter dem Brocken, aber ich zweifelte nicht, daß er, sobald ich aus seiner Sichtweite kam und daher er aus meiner, sich sofort wieder räkelte.

Bei der Suche wurde festgestellt, daß der stählerne Quader verschwunden war. Wir – nicht wir alle, aber der Baron, Butter Barfuß und ich – suchten in sehr langen Gesprächen und Diskussionen Erklärungen dafür. Wir fanden keine.

Hätte der dumme Bohnenblust von vornherein

erzählt, wie er den Fußball gefunden hatte, hätten wir uns die mühsame Sucherei erspart. Es war nämlich nicht so, so Bohnenblust, der Idiot, einige Zeit später, daß er den Ball zwischen Steinen und Grau-Moos liegend gefunden habe, vielmehr war es so, daß der Ball, wie dieser Trottel es formulierte, »fröhlich auf den Wellen dahergehüpft« gekommen und zuletzt an Land gespült worden war. Wie penetrant dieses Leder ist. Das Schiff zerschellt, geht unter. Mann (Weib) und Maus gehen unter, alles versinkt, saugt sich voll, wird zernagt, selbst die Bibel, nur dieser sinnlose, im Grund lächerliche Ball nicht. Der schwimmt oben und hüpft »fröhlich auf den Wellen« und wird bei geeigneter Strömung zu uns aufs Land gespült, wo ihn der Oberdepp Bohnenblust findet und sogleich vorschlägt, zwei Fußballmannschaften zu je fünf zu bilden und Fußball zu spielen.

»Fußball ist mein Leben«, sagte er.

»Sie Gesäß mit Ohren«, sagte der Baron, womit der Vorschlag Bohnenblusts erledigt war. Bohnenblust selber war erst einige Zeit später (bei 3,4 cm) erledigt, weil er allein Fußball spielte, das heißt, den Ball gegen einen recht hohen und leidlich glatten Felsbrocken prallen ließ, wobei der Ball, nachdem Bohnenblust tausendmal gegen ihn getreten, einmal seitlich wegsprang und, da der Felsen nahe dem Ufer lag, ins Wasser schnellte, worauf Bohnenblust (»Nein!« brüllte der Baron) nichts Knödeldümmeres einfiel, als hinter seinem Ball her ins Wasser zu springen, um

ihn zu retten. Schneller, als man über diese Narretei staunen konnte, war Bohnenblust weg.
Das Meer hatte um diese Zeit, schätze ich, 0,1 °C. Friede seinem Eiszapfen. Der Ball »hüpfte fröhlich auf den Wellen« und wurde hinausgetrieben, da wohl die Strömung sich gedreht hatte.

*

Es war der stille Minimeier, dem das, was sich zur Katastrophe entwickeln sollte, als erstem auffiel. Er saß gern auf einem bestimmten, leicht sesselartig geformten Stein ganz vorn am abgrundsteilen Ufer – wobei, daran sei erinnert, der Abgrund erst *im* Wasser hinunterdröhnte – und schaute den ölig-eisigen Wellen zu, die, wenn man so Menschliches von Wellen sagen kann, müde und fast lustlos am Rand der Insel leckten. Der Baron meinte, Minimeier denke an seine in der Heimat zurückgebliebene Braut, der dumme Bohnenblust hatte einmal gesagt: nein, er, Bohnenblust, habe mit Minimeier gesprochen, und der habe durchblicken lassen, er denke an seinen mit der »Gefion« in die nasse Eis-Nacht hinabgezogenen Dackel ›Steffi‹. Ich kann mich aber nicht daran erinnern, daß ein Dackel an Bord gewesen war. Es sei dem, wie ihm wolle, jedenfalls saß der stille Herr Minimeier, Lorenz Heinrich mit Vornamen, sehr oft vorn am Rand der Insel und starrte ins Meer hinaus.

Der Baron sagte einmal (er sagte es nur mir), er glaube, Minimeier leise weinen gesehen zu haben. Nicht aufgeregt, was nicht seine Art gewesen wäre, aber deutlich besorgt kam eines Tages (sofern man angesichts der zunehmenden, dauernden Dunkelheit von einem Tag reden kann), des Barons Bart war 4,2 cm lang, Minimeier vom Rand und von seinem Sessel-Stein zurück und sagte:

»Ich weiß nicht – ich möchte niemanden erschrecken, aber –«

»Jetzt reden Sie schon, Minimeier!« sagte Baron v. Gnalkow, freundlich, aber bestimmt.

»Es war immer schon so, daß hie und da größere Wellen bis an meinen Stein leckten. Aber seit heut lecken *alle* Wellen bis dorthin, und größere oder breitere lecken schon bis *hinter* den Stein.«

Kein Zweifel: das Wasser stieg.

*

Nachdem Baron v. Gnalkows Bart um weitere 0,15 cm gewachsen war, saßen oder besser gesagt, hingen wir an der nahezu senkrecht abfallenden oder aufsteigenden Wand (glatte Fläche bis auf 900 Meter über uns) wie die Wanzen. Sieben Wanzen. Der Zwirgschütz hatte nämlich, es ist kaum zu glauben, eine weitere Kiste Bier gefunden und war von der sozusagen abschließenden Welle im Rausch überrollt worden. Die Bierkiste hatte er – schwierig, denn der Raum, der uns zur Verfügung stand, wurde ja durch das steigende Wasser immer kleiner – diesmal sorgfältiger vor uns verborgen. Von dem Bier erfuhren wir erst, als wir schon an der Wand klebten. Da sahen wir dort, wo der Zwirgschütz zuletzt hinabgegurgelt war, in die nun schwarze Eis-Wasser-Hölle die (nunmehr leere) Bierkiste schwimmen.

Wir hatten gehofft, daß die Flut gezeitenartig nach einigen Tagen wieder abflauen werde, aber nichts dergleichen.

Auch die Hoffnung, daß der Tidenhub nicht zu hoch sein werde, erfüllte sich nicht. Das Wasser stieg und stieg (offenbar gibt es hier langausladende Gezeiten) und drängte uns immer mehr zusammen. Wir mußten ja ängstlich darauf bedacht sein, daß uns das schwarz und sichtlich noch kälter gewordene Wasser möglichst nicht einmal anspritzte. Kurz zuvor hatte sich der Matratzenbischof – auf welche Gedanken die Menschen oft kommen – vorn am Rand die Füße waschen wollen. Kaum hatte er sie eingetaucht, erstarrten sie zu Eis, und als er sie herauszog, zerklirrten sie bis zu den Knien an den Steinen. Er schrie wie am Spieß. Der Baron verfügte, daß der Matratzenbischof – »Gnadenwurf«, sagte er – dann doch gleich ins Wasser geworfen werde. Da schrie der Matratzenbischof noch lauter, selbst als er schon flog. Der Posaunenwart, der, wie gesagt, der kräftigste von uns war, warf ihn zusam-

men mit dem Vorsitzenden der »Ges. der Freunde der Nebenerwerbsbriefträger«.
So waren wir nur noch acht (den Zwirgschütz vorerst noch eingerechnet), die sich zum Schluß ganz am Rand der Felswand drängten. Dem Zwirgschütz kam zugute, daß es nicht *ein* Fleck war, der noch frei blieb, sondern, aufgrund der natürlichen Unregelmäßigkeit der Felswand, mehrere. Der Zwirgschütz hatte sich wohlweislich einen eigenen Platz ausgesucht (zwischen den einzelnen Flecken leckte schon Wasser), um seine Bierkiste verbergen zu können.
Wir schliefen, als ein Donnern den, wenn der Ausdruck erlaubt ist, finalen Brecher ankündigte. Sofort waren wir (bis auf den betrunkenen Zwirgschützen) unverzüglich hellwach. »Nischt wie ruff!« schrie der Baron, und wir kletterten unter Ausnützung der winzigen Ritzen und Vorsprünge hinauf, so gut es ging. »Na ja!« schrie der Baron, »die ersten drei Meter der knapp tausend, die wir klettern müssen, haben wir geschafft.«
Der Zwirgschütz war nun weggespült, und der erste, der dann fiel, war Butter Barfuß. Er schrie, das war nach etwa zwei Stunden: »Halten Sie mich doch, bitte!«
»Und vielleicht *wie?*« schrie der Baron zurück. Da plumpste Barfuß hinunter. Er wurde sofort zu Eis und schwamm noch kurze Zeit an der Oberfläche. Der Vorsitzende der »Gesellschaft der Freunde der

Nebenerwerbsbriefträger« war der nächste. Er schrie: »Lang lebe das ewige Schleswig-Holstein!«
»Blödsinn«, sagte Herr v. Gnalkow, »wieso wünscht er dem Schleswig-Holstein langes Leben, wenn es ohnedies seiner Meinung nach ewig ist.«
Der stille Herr Minimeier betete, schien es, bevor er fiel, sagte gar nichts, blickte mich (ich klebte direkt neben ihm) nur mit ziemlich wäßrigen Augen an, verständlich, in der Situation.
Als Knut Woblisting hinabfiel, schrie er: »Und dafür hat man zwölfeinhalbtausend Mark bezahlt.«
»Hat er gar nicht«, sagte Herr v. Gnalkow, »ich weiß es vom Kapitän. Dieser Woblisting ist ...«, er blickte sich um, Woblisting fiel, es schien fast, als stemme er sich ab, rückwärts nach außen, fiel dann seltsam langsam – oder schien es nur so? wie in Zeitlupe – mit erhobenen Händen hinunter, drehte sich kopfüber und tauchte, sofort zu Eis werdend, ohne daß etwas aufspritzte, ins Wasser, »... *war* Journalist. Er hätte über die Reise für irgendein Journal etwas schreiben sollen.«
So bleiben wir unserer drei: der kräftige Altvogel, der Posaunenwart (»– einer aus Wewelsfleth, das sage ich Ihnen«, so der Baron, »überlebt alles –«), der Baron und ich.
Moos war keines mehr da. Aber vorerst war uns ohnedies der Hunger vergangen. Das Schmelzwasser, das wir lecken konnten, rann immer noch von oben die Wand herunter. Von ihm hatten wir unse-

ren Durst schon die ganze Zeit gelöscht, mit Ausnahme der paar Flaschen Bier, die in dem Zusammenhang statistisch vernachlässigt werden können.

*

Ich wäre nur sehr ungern der »Herr der Heerscharen«. Er – der Herr der Heerscharen. Daß Er sich nicht schämt. »Der Gott, der Eisen wachsen ließ ...« Ich, Gott Kadon, wäre (bin?) viel lieber der »Herr der ...« Also, ich kann es nicht fassen, je länger ich darüber nachdenke. Es ist mir bisher nicht aufgefallen, weil ich darüber gedankenlos hinweggelesen habe: »Herr der Heerscharen«, nur so als Zusatz wahrgenommen: »– da sprach Jehova, der Herr der Heerscharen ...«, so ungefähr wie »– da sprach die Siemens ... Ah – Geh ...«, oder die »Hulesch & Quenzel Ge-em-be-Ha ...« Nur bei näherem Hinsehen für Fachleute von Wichtigkeit. »Herr der Heerscharen« – für mich jetzt von Wichtigkeit, da Gott Kadon und somit zwangsläufig Fachmann für Göttliches.
Herr welcher Heerscharen? Aller? Im Schlachtenfall beider? Wie sagt Nestroy (ich zitiere ungenau, weil ich ja hier auf dem Gefion-Horn, zur Zeit sitze ich auf dem linken, nicht gut die gesammelten Werke Nestroys bei mir haben kann) in seinem »Holofernes«: »... einmal möcht ich förmlich gegen mich selber kämpfen, damit ich sehen kann, wer stärker

is ... *i* oder *i*? Herr der Armeen, der Divisionen, der Regimenter ... bis herunter zur Feldlatrinen-Kompanie XIV b. Herr des k. u. k. Infanterieregiments N° 59 »Erzherzog Rainer« ... müßte das nicht heißen: ... N° 59 »Jehova«?
Herr der Heerscharen. Da dürfte er doch eigentlich nur Kopfschütteln ernten. Ich, Gott Kadon, bin Herr der ... ja, wovon? – der Symphonieorchester? oder doch lieber der Streichquartette? Ja. Herr der Streichquartette.
Ich, Gott Kadon, Herr der Streichquartette. A-Moll-Opus 132-Amen.

*

Ritzen und Spalten und winzige Vorsprünge in dem glatten Fels, man konnte mit Mühe das erste Fingerglied hineinkrallen und die Zehen. (Der Schuhe hatten wir uns entledigen müssen, um klettern zu können. Ich frage mich, was werden soll, wenn wir auf der anderen Seite, sofern wir überhaupt je dorthin gelangen sollten, in Strümpfen übers Eis zum Ufer hinuntersteigen müssen. »Let's pass the bridge, when we reach it«, sagte der Baron, und, »jetzt jedenfalls können wir die Schuhe nicht brauchen.«)
Wir mußten achtgeben auf die Rinnsale, die von oben kamen und ab und zu vereisten. Bis jetzt – 8,0 cm lang – kletterten wir bereits oder besser gesagt,

klebten wir an der Felswand, uns Zentimeter um Zentimeter emporquälend – bis jetzt waren wir noch nicht ausgerutscht. Wie hoch wir kamen? Schwer zu sagen, es kam nämlich Nebel auf. Ich schätze, daß es ca. 20 Meter waren. 880 Meter noch über uns. Der Nebel hatte immerhin den Vorteil, daß wir die grausige Tiefe nicht sahen und auch nicht die grausige Höhe über uns. Aber doch eine, alles in allem, unangenehme Situation.

Der Baron und ich schliefen abwechselnd. Der jeweils Wachende hielt den Schlafenden fest. Länger als eine Stunde ging das nicht, aber langsam richtete sich unser Rhythmus darauf ein. An sehr tiefen, erholsamen Schlaf, freilich, war unter diesen Umständen nicht zu denken.

»Murren Sie nicht«, sagte Herr v. Gnalkow, »es könnte noch schlimmer kommen. Denken Sie an den Sturm, der die Frauen und den Professor Rolls-Reuß weggeweht hat. Wenn jetzt so ein Sturm käme – er bürstete uns glatt von der Wand. Aber solang Nebel ist, kommt kein Sturm. Logisch.«

Der Posaunenwart schlief, scheint's, überhaupt nicht oder immer nur ganz kurz, nur Sekunden, solang die Finger von alleine klammerten.

»Ach was!« schrie er zu uns herüber. »Im Grunde genommen war ich nie glücklicher in meinem Leben als jetzt.«

Der Baron beugte sich zu mir herüber – »Vorsicht!« schrie ich – »Ja, doch« – er rutschte mit der linken

Hand aus, fing sich aber wieder –, »einem aus Wewelsfleth macht so was überhaupt nichts aus. Man muß einmal in Wewelsfleth gewesen sein. Ich war dort. Ich sage Ihnen! ›Und hier leben *Menschen*?!‹ sagte ich zu meinem Vater. Ich war nämlich mit meinem Vater in Wewelsfleth. ›Und hier leben *Menschen*?! Das müssen Helden sein.‹ Und in der Tat, Sie sehen es mit eigenen Augen. Der Held aus Wewelsfleth, Fortunat Altvogel, Posaunenwart. Auch die Posaunenwarte sind im allgemeinen hart im Nehmen, was einem ja unbedingt logisch erscheint, wenn man etwas darüber nachdenkt. Seine einzige Sorge ist«, fuhr der Baron fort, »wer sich jetzt um die Posaunen in Wewelsfleth kümmert, während er hier wie ein Gecko an der Wand klebt.«

Ab und zu sang der Posaunenwart. Es waren sehr seltsame, langsamgetragene Lieder. Ganz alte Lieder, schien mir, vielleicht aus der Zeit, als Wewelsfleth und seine Umgebung noch heidnisch waren. Kann aber auch sein, der Posaunenwart erfand sie zu seiner Unterhaltung selber.

»Wie ist eigentlich Ihr Vorname?« fragte ich einmal Herrn v. Gnalkow.

»Wieso wollen Sie das wissen?« sagte er. »Wollen Sie mich in dieser Situation, in der jeder Augenblick unser letzter sein kann, zu duzen anfangen?«

Ich erfuhr den Vornamen nie.

*

Ein goldenes Schiff mit silbernen Segeln – so deutlich und scharf mit feinen, schwarzen Konturen –, oder war es ein silbernes Schiff mit goldenen Segeln? So deutlich zu sehen – eine dunkle, weiße Kapitänin, sie hat drei Ringe am Ringfinger der linken Hand: einen roten, einen grünen und einen aus Diamanten.
So deutlich zu sehen – wie kommt es, daß das Schiff so nahe ist? Oder ist es gar nicht nahe? Sehe ich, weil das Alter kommt, wieder schärfer? Der alte Gott Kadon. Ich bin der alte Gott Kadon, der die dunkle, weiße Kapitänin erlöst. Oder erlöst die Kapitänin mich, den Gott? Und wovon? Vom Alter?
Wie kommt ein goldenes Segelschiff mit silbernen Segeln in dieses ferne, unwirtliche Meer? Selbstverständlich ist das Schiff nicht aus purem Gold, würde so nicht schwimmen, auch die Segel sind nicht aus purem Silber, wären viel zu schwer. Das Schiff ist aus dem goldenen Holz, das im Inneren der Urwälder Neu-Braganças zu finden ist, und nur dort, und die Segel sind aus den silbernen hauchdünnen Fäden der Seidenspinner gewoben, die auf den Kalkbergen Triumphastaniens gedeihen und nur dort.
Ist die Insel St. Gefion auf den Seekarten dieser Kapitänin verzeichnet? Und nur auf ihren Seekarten?
Sie, die Kapitänin, wirft uns ein Seil zu, ein Tau, um im seemännischen Sprachbereich zu bleiben (mir, Gott Caedhon, an sich fremd). Auf dem Schiff wartet ein geheiztes Bad. Die Kapitänin reicht mir ein vor-

gewärmtes Badetuch mit dem Satz: »– deine nackte Sklavin.«
Aber dummerweise verfehlt mich das Tau, oder: Ich verfehle das Tau. Mehr als einmal kommt das goldene Schiff mit den silbernen Segeln (oder: silbernes Schiff mit goldenen Segeln) nicht. Die Insel St. Gefion, ein Punkt nur, verschwindet von der Seekarte der Kapitänin. Sie hält den Punkt für einen Fliegenschiß.

*

Zum Glück kletterte der Posaunenwart grad in unserer unmittelbaren Nähe, hatte auch eben einen etwas breiteren, förmlich bequem handbreiten Vorsprung in der Wand entdeckt, so daß er uns auffangen, also festhalten konnte. Ich sollte wach sein und meinen Arm um den schlafenden Baron schlingen, mich mit der anderen Hand und den Zehen an den winzigen Unebenheiten der Wand festkrallend, aber ich schlief auch ein, wachte davon auf, daß ich – immer noch den Baron umklammert haltend – mit dem Kopf gegen den Fels schlug und im übrigen frei schwebend an der Hand des Posaunenwarts hing.
Nun wachte auch der Baron auf und sagte: »Es wäre günstig, wenn irgendwo im Inneren dieses Berges ein Lift nach oben ginge.«
Altvogel, der Held aus Wewelsfleth, schlenkerte mich, und zwangsläufig schlenkerte ich damit Herrn

v. Gnalkow ein wenig hin und her, bis wir wieder kleine Griffe fanden, an denen wir uns festklammern konnten. Ich verhehle nicht, daß sich mein Körper zunehmend versteifte. Auch meldete sich, nicht verwunderlich, Hunger.

*

Es ist nur so zu erklären, daß ich Gott Kaedonch bin, und daß ein Gott nicht abrutschen kann, nicht hinunterstürzen und untergehen, in einem Eismeer schon gar nicht, das jetzt vor Kälte nur noch träge – etwa fünfundvierzig Meter unter uns (855 Meter Felswand über uns) – schwappte. Fünfundvierzig Meter sind sehr viele Meter von oben nach unten gesehen. Ein fünfstöckiges Mietshaus hat vielleicht zwanzig Meter. Das Zusammentreffen der, trotz allem, günstigen Umstände ist also nur damit zu erklären, daß ich Gott bin. Meine Gefährten, um den altmodischen Ausdruck zu gebrauchen, waren durch das Geschick und dadurch, daß ich ohne sie nicht überlebt hätte, als Gott aber zwangsläufig nicht anders als überleben kann, an mich gebunden. Ihr Geschick an meines gebunden.

Der Nebel verzog sich.

»Jetzt kommt ein Sturm«, sagte der Baron, »hoffentlich ist er so stark und so aufwindig, daß er uns bis aufs nächste Festland weht.«

In den Tagen, als Nebel herrschte, war es vergleichsweise hell gewesen: hellgrau, lichtgrau. Jetzt, nachdem der Nebel sich verzogen hatte, war das Meer fäkalbraun, der Horizont schwefelgelb, der Himmel schwarz. Ganz in der Ferne, im Süden (der aber möglicherweise hier der Norden ist), zeichneten sich vor dem schwarzen Himmel schmutzig-orangene Trompeten ab: senkrecht stehende Trompeten schwankten hin und her, etwa sieben oder acht, die Zahl war nicht genau auszumachen.
»Das ist der Sturm«, sagte Altvogel.
»Zum Glück braucht hier in dieser kalten Gegend alles länger, um sich zu entfalten, selbst ein Sturm. So haben wir Zeit, uns vorzubereiten«, sagte Herr v. Gnalkow.
»Und wie stellen Sie sich die Vorbereitung vor, wenn Sie die Frage erlauben?« sagte Altvogel.
Es war das erste Mal, daß der Baron eine Antwort schuldig blieb.
Aber, wie gesagt, ein Gott kann nicht weggeweht werden. Also traten die günstigen Umstände ein.
»Das nächste Festland ist vielleicht tausend Kilometer entfernt«, sagte Altvogel, »glauben Sie im Ernst, daß uns der Sturm so weit forttträgt?«
Der Baron hatte seine Fassung wiedererlangt und sagte: »Wem das Glück lacht, der kann auch im Stehen scheißen. Ein altes baltisches Sprichwort.«
Altvogel lachte mit offenem Mund nach oben (ich weiß nicht: lachte er über das Sprichwort, oder lachte

er den Baron aus), da hüpfte, wie öfters, ein kleines Steinbröckchen von oben und Altvogel direkt in den Mund. Er stutzte, biß, kaute, schluckte.
»Der Berg ist eßbar«, sagte er.
Ich brach ein Stück vom Berg ab, auch der Baron. Wir aßen. Tatsächlich.
»Daß wir das nicht früher gemerkt haben«, brummte der Baron.
Der Stein hatte die Konsistenz von sehr hartem Brot.
»In Lettland«, sagte Herr v. Gnalkow, »backen die somogitischen Bauern solche Fladen. Ich sage Ihnen! Einmal besuchten wir Kinder, das ist lang her, natürlich, mit unserer Mutter die Burg eines befreundeten und sogar entfernt verwandten Grafen, der Name tut wohl im Moment nichts zur Sache –« (wahrscheinlich, dachte ich, hat er ihn nur vergessen, der alte Schwätzer), »– und wir machten auf dem Burgfried neben den Zinnen ein Picknick. Ein baltisches Picknick! haben Sie schon einmal ein baltisches Picknick mitgemacht? Nein? Dann steht Ihnen, falls Sie damit begnadet werden sollten, das Beste im Leben noch bevor. Kurz und gut, zurück zum Burgfried jener Burg jenes befreundeten und sogar entfernt verwandten Grafen. Es gab auch die berühmten von den Somogitiern gebackenen Fladen. Sie backen nur *einmal* in vier Jahren. Nur jedes Schaltjahr. Faule Hunde, sage ich Ihnen, und ich sage Ihnen, nicht nur Not macht erfinderisch, auch und vor allem Faulheit. So erfanden diese faulen somogitischen Bauernknochen

ein Rezept für Brot, das nicht nur vier Jahre hält, sondern mit zunehmendem Alter sogar besser wird. Allerdings auch härter, versteht sich. Das somogitische Bauernbrot, diese Fladen, die sie ›Swilpa‹ oder ›Kokle‹ nennen, sind so hart, daß – also, es war so, daß meine Mutter eine solche Swilpe oder Kokle auseinanderbrechen wollte, sie werden in oft meterlangen Stangen oder besser gesagt, Balken gebacken –«

»Na! na!« sagte Altvogel.

»Parole d'honneur! Herr Posaunenwart, habe ich mit eigenen, damals noch jungen Augen gesehen! – wollte also meine Mutter von einem solchen Swilpen- oder Koklebalken ein Stück abbrechen ... ging nicht. Mit aller Gewalt: ging nicht, zu hart. Wurde reihum versucht, jeder probierte – zu hart. Zum Schluß blieb nichts anderes übrig: der befreundete und entfernt verwandte Graf, er hieß Keyserling« (jetzt ist es ihm eingefallen, dachte ich), »schmetterte den Swilpen- oder Koklebalken gegen die eine Zinne seines Burgfrieds, und, was glauben Sie?! die Zinne zerbrach, stürzte hinunter in den Burggraben und zerquetschte dort vier der ewig kläffenden Hunde Keyserlings.«

»Und Ihr Swilp blieb ganz?« fragte Altvogel.

»So ist es«, sagte Herr v. Gnalkow, »oder besser gesagt, *war* es. Sie glauben mir womöglich nicht?«

»Doch, doch«, beeilte sich Altvogel beizupflichten, »nur: wie haben Sie dann das Swilp zerteilt?«

»Mit einer Motorsäge.«

Der Fels war, zum Glück, nicht ganz so hart wie das lettisch-somogitische Bauernbrot, schmeckte aber, so der Baron, sehr ähnlich, nämlich nach nichts. Aber wir ernährten uns nicht nur davon, wir aßen auch eine kleine Höhle in den Berg, die uns vor dem Sturm rettete, der – immer noch schmutzig-orange – uns endlich erreichte und derart tobte, daß ich befürchtete, die ganze Insel werde davongetragen.
Wir aßen uns weiter in den Berg hinein. Es stellte sich allerdings das Problem, je mehr wir aßen, desto dicker wurden wir, und je dicker wir wurden, desto mehr mußten wir essen, um den nötigen Raum zu schaffen.
So saßen wir und aßen und aßen und aßen (tranken oder besser, schleckten dazu das von oben tröpfelnde Wasser), und der Bart des Barons wuchs.

*

Daß es mich gibt, beweist die Tatsache, daß es nicht möglich ist, daß es mich nicht gibt.
Ist Ihnen der Satz zu wirr?
Ich fange anders an (wie oft habe ich, Gott Khawton oder Kahdon, schon angefangen!): Es hat einmal *nichts* gegeben, das sei, haben sie errechnet (*ich* würfle nicht nur nicht, ich rechne auch nicht), vor fünfzehn Milliarden Jahren gewesen, kann auch sein,

nur zwölf Milliarden, und dann hat es plötzlich *etwas* gegeben. Verstehen Sie jetzt?
Aus der Tatsache, daß zwischen dem Nichts und dem Etwas ein Unterschied ist, erhellt für jeden Klardenkenden meine Existenz. Ich glaube, Ich werde Mich in Zukunft mit Großbuchstaben schreiben.

*

Es ist peinlich, den Punkt zu berühren, aber es wäre, meint Herr Altvogel, dem Leser gegenüber ungebührlich, ihn, den Leser, in diesem Punkt im unklaren zu lassen, zumal da zu vermuten ist, daß sich der Leser längst Gedanken darüber gemacht hat. Nichts erfreut den Menschen seltsamerweise so wie alles, was mit der Verdauung zusammenhängt.
Aber, so der Baron, dem Anstand zuliebe soll der Punkt mit äußerstem Zartgefühl behandelt werden. (Ausgerechnet der Baron sagte das: er, der das angeblich alt-baltische Sprichwort von sich gab, in dem er den direktesten Ausdruck nicht umging.) Im Grunde jedoch braucht man nicht einmal Zartgefühl zu bemühen. Jeder Leser kann es sich ohnedies denken: solang wir noch an der Felswand klebten, uns klammerten, stellte sich das Problem mangels Zufuhr nicht. Jetzt, da wir mehr als genug zu essen haben, ja, essen müssen, um uns durch den Berg auf die andere

Seite zu graben, jetzt stellt sich das Problem natürlich, aber es gibt ja auf der einen Seite, auf der Seite der uns bekannten, neunhundert oder tausend Meter steil abfallenden, weiter oben sogar leicht überhängenden Wand (die hätten wir nie und nimmer überwunden, ist uns im nachhinein klar, war es uns im Grunde genommen auch damals schon), unseren Eingang, der zunächst nur die herausgebissene Höhle war, in die wir uns vor dem Sturm retteten.
– Höhle ... der Sturm kam dann doch schneller, als wir erwartet hatten. Es fiel uns nicht schwer, ausgehungert, wie wir waren, wie die Drescher zu essen – eigentlich, leider nicht anders zu sagen: fressen. Obwohl wir also fraßen, »was das Zeug hielt« (»Ein baltischer Baron«, sagte der Baron, »leistet in der Hinsicht schon was«), war die Höhle noch sehr flach, als der Sturm kam. Als sei eine mächtige Riesenfaust gegen die Wand gefahren. Das waren Stunden!
Was heißt: *Stunden*. Der Sturm tobte, wie wir später an des Barons Bart schätzten (messen konnten wir nicht mehr, da ja die Schublehre unrettbar mit Herrn Bohnenblusts Untergang verlorengegangen war), an die drei Wochen. »Es geht los!« hatte Herr Altvogel geschrieen, schon kaum noch hörbar in dem Tosen, obwohl er direkt an unseren Ohren schrie: »Ducken Sie sich in die Höhle, so gut es geht, mit dem Rücken zur Wand!« Er klammerte sich dann an uns, den Rükken und vor allem den schicklicherweise nicht zu nennenden Körperteil nolens volens der Wut des

Elementes preisgegeben. Oft rüttelte der Sturm, der nicht aus einer Richtung blies, sondern aus verschiedenen Richtungen wirbelte, so stark an Herrn Altvogels Allerwertestem, daß unsere Kräfte fast nicht ausreichten, um ihn festzuhalten.
Nur der Gedanke, was mit uns geschehen wäre, hätten wir nicht gerade noch rechtzeitig diese Zuflucht herausgebissen, und der Umstand, daß wir in etwas ruhigeren Momenten, so gut es ging, weiteraßen, um die Höhle zu vergrößern, ließ uns nicht verzweifeln. Heulte der Wind einmal nicht so stark, unterhielt uns Herr v. Gnalkow mit Anekdoten und Schnurren aus seiner baltischen Heimat. Sie waren oft dürftig – wie die mit den »gelben Schuhen« – und manchmal erst nach langwierigen Erklärungen lustig, das heißt eigentlich überhaupt nicht lustig. Aber in so einer Situation ist man, was den Zeitvertreib betrifft, nicht wählerisch.

*

Wir wußten nicht, wie dick der Berg ist und wie lange wir uns hindurchessen mußten. Als der Posaunenwart Zahnweh bekam, war unser Gang beiläufig zweihundert Meter lang. Manchmal lauschte der Baron, das eine Ohr an die Wand gepreßt, ob er nicht schon das Meer von der anderen Seite höre; er hörte aber noch nichts. Um drüben nicht womöglich eine abschüssige Wand hinunterklettern zu müssen, hielten wir uns beim Abessen leicht schräg nach unten, so daß wir, nach Berechnung Herrn v. Gnalkows (»- ob die wirklich stimmt?« fragte mich Altvogel, als der Baron grad einmal allein beim Einstieg draußen war), knapp über Meereshöhe herauskommen würden. Die Arbeit wurde zunehmend schwieriger, denn die Luft zirkulierte in dem Gang oder Schacht nicht richtig, und uns, die wir ohnedies unförmig dick und fett wurden, ging manchmal die Luft aus. So mußten wir uns entschließen, einen Entlüftungsschacht zurück und leicht nach oben führend zu essen.

Da kam Altvogels Zahnweh. Er schrie vor Schmerzen und wand sich am Boden. »Das hat uns noch gefehlt«, sagte der Baron, »wenn ich wenigstens mein Schweizer Armeemesser bei mir hätte -«

»Warum haben Sie es nicht bei sich?« brüllte der Posaunenwart.

»Es ist mit der ›Gefion‹ untergegangen«, sagte der Baron sanft, so sanft, daß es wie eine Ironie klang, weshalb der Posaunenwart Altvogel aus Wewelsfleth erneut aufheulte: »Warum haben Sie es nicht bei sich behalten?«

»Wie Sie sich vielleicht erinnern«, sagte der Baron, weiterhin sanft, »kam der Schiffbruch völlig unvermutet. Wir saßen scheinbar in Sicherheit beheizt inmitten der Eishölle, und dann tat es plötzlich den gräßlichen Krach, und man flog entweder hinaus aufs Meer, was unverzüglich zum Exitus führte, oder, wie Sie und ich und unser verehrter Freund hier« (er meinte mich, wen sonst) »und ein paar andere, auf das verfluchte, aber unter diesen Umständen gebenedeite Eiland –«

Er sagte wirklich: Eiland, vielleicht, weil er Baron und Balte war.

»Warum«, schrie der Posaunenwart, »haben Sie Ihr verfluchtes Schweizer Armeemesser nicht festgehalten beim Flug? sollte das so schwer gewesen sein? Sie wären mit Armeemesser nicht anders geflogen als ohne Armeemesser!«

»Ohne Zweifel«, sagte Herr v. Gnalkow, »hätte ich das Schweizer Armeemesser mitgenommen, im Fluge mitgenommen, das heißt festgehalten, wenn ich es in der Hand gehabt hätte. Allein, es lag, als ich, wenn man es so ausdrücken darf, zum Fluge ansetzte, unfreiwillig ansetzte, seitlich neben meinem Gedeck auf dem Tisch.«

»Aber warum –«, brüllte Altvogel.

»Selbst wenn«, unterbrach der Baron mit erhobener Stimme den Posaunenwart, »selbst wenn ich im Chaos des unvermutet einsetzenden Fluges oder besser gesagt: Schleuderns, oder noch besser gesagt: Geschleudert-Werdens, umgeben vom unvorstellbaren, Ihnen sicher auch erinnerlichen Krach, dadurch hervorgerufen, daß die ›Gefion‹ breitseits gegen das scharfkantige Ufer dieser Insel prallte, daran gedacht hätte, daß ich mein Schweizer Armee-Messer noch unter anderem dafür brauchen könnte, um Ihnen, Herr Posaunenwart, damit einen Zahn zu ziehen, hätte ich in der unvorstellbaren, ja blitzartig-momentanen Plötzlichkeit des Weggeschleudert-Werdens das Messer nicht ergreifen können.«

»Aber warum in aller Welt lag das Messer auf dem Tisch? Warum nicht in Ihrer Tasche?« wimmerte nun der Posaunenwart – offenbar konnte er nicht mehr heulen.

»Ich war damit beschäftigt, aus dem uns beim letzten Abendessen zu Unrecht als Appenzeller Käse servierten – hm – grau-gelblichen Milchprodukt eine kleine Statue zu schnitzen. Eine Venus. Und ich hatte eben das Messer weggelegt, um mein Werk, wenn man das so nennen kann, zu betrachten.«

»Er schnitzt aus Käse eine Venus, und ich vergeh' vor Zahnschmerzen!« brüllte der Posaunenwart, wieder voll bei Stimme.

»Auch die Statue«, sagte der Baron, »konnte ich nicht retten, obwohl ich sie im Augenblick der Schleuderung in der Hand hielt. Sie entglitt mir im Lauf des Fluges.«

»Baltischer Blödist«, fauchte der Posaunenwart.

Da hieb ihm der Baron mit der Faust auf den Kopf. Altvogel schwankte eine Zeitlang hin und her, dann sagte er: »Danke«, und fiel hin.

*

Der Stein wurde zunehmend süßer. »Das bedeutet irgendwas«, sagte Herr v. Gnalkow.
»*Irgendwas* ist gut«, sagte der Posaunenwart, »*irgendwas* ist gar nichts. Wenn Sie nicht wissen, was *irgendwas* bedeutet, dann sagen Sie lieber gar nichts.«
»Ich sage und rede, was ich will!« sagte der Baron.
»Nicht in meiner Gegenwart!«
»Ich sage und rede in Ihrer Gegenwart oder in Ihrer Abwesenheit, sooft und so viel ich will!«
»Ich warne Sie, Herr Baron!«
»Und so laut ich will!«
»Ich warne Sie!«
»Wovor warnen Sie mich?« höhnte der Baron.
»Was meinen Sie damit?«
»Na ja, man kann doch nur *vor etwas* warnen. So eine allgemeine Warnung, eine Warnung vor nichts, ist doch nur ein in die Luft geblasenes Windei. Man kann nur *vor etwas* warnen. Vor einer Ohrfeige, zum Beispiel.«
Der Ton der beiden beunruhigte mich.
»Eine Ohrfeige?«
»Eine Ohrfeige, zum Beispiel«, sagte der Baron und stellte sich provozierend hin.
»Ich warne jeden vor einer Ohrfeige, die ihren letztendlichen Ursprung in Wewelsfleth hat! Herr von Gnalkow.«
»Das Wort ›letztendlich‹ ist kein Wort, sondern eine lautliche Mißgeburt.«

»Sie wollen mich, einen Posaunenwart aus Wewelsfleth, als Mißgeburt bezeichnen?«

»Nicht Sie, sondern –«

Ich wollte besänftigend eingreifen, da der Wortwechsel immer hastiger und giftiger geworden war, aber Altvogel kam mir zuvor, holte aus, und seine Faust fuhr in Richtung des Barons, der sich aber duckte, so daß ihn die Faust verfehlte und in die Wand fuhr und dort eindrang, mit solcher Wucht, daß der Posaunenwart mit dem linken Arm bis zur Schulter in der Wand steckte.

Die Szene erstarrte.

Der Baron ergänzte nur seinen angefangenen Satz geistesabwesend und murmelnd: »– nur das Wort, ›letztendlich‹.« Altvogel bewegte, mit starr nach innen gerichteten Augen, langsam, drehend seinen Arm und zog ihn endlich im übrigen mühelos heraus.

»Da ist nichts auf der anderen Seite«, sagte er dann.

»Wie das?«

»Da muß ein Hohlraum sein.«

*

Eine blaue Welt. Fließende, aber erstarrte Formen in allen Abstufungen von Kristallblau. Höhlen, Säulen, Stalaktiten und Stalagmiten von Kirchturmgröße, Höhlen hinter Höhlen, bis weit nach hinten ins Blauschwarze glitzernd. Scharfkantige Abbrüche in Weiß. Ganz unten ein gefrorener See. Eine Kathedrale aus Eis.

»Drum«, sagte Herr v. Gnalkow.

»Was – ›drum‹?«

»Drum ist der Stein süßer geworden. Ich sehe zwar den Zusammenhang nicht, aber ich habe doch geahnt, daß es irgendwas bedeuten müsse.«

Wir fanden fünf Klappstühle, einer davon zerbrochen und unbrauchbar, eine Schachtel Klistierspritzen, einen Degen, zwei Degenscheiden, vier Kerzenstummel, je ein bis eineinhalb Zentimeter lang, ein in (stark vermodertes) Leder gebundenes Exemplar des Buches »Die tausend Freuden Mariens« von Innozenz Maria Halbvogel, einen Totenschädel, eine Landkarte von Istrien sowie eine verwitterte Fahne der k. u. k. Kriegsmarine. (Letzteres identifizierte der Baron: Auch glaubte er sich zu erinnern, daß Fahnen solcher Art nicht nach 1840 und nicht vor 1820 verwendet wurden.)

*

Als Gott Kadon habe ich den Urknall miterlebt. Sie fragen, wer diesen Urknall ausgelöst hat? Ich sitze am linken Horn meiner Insel, der Insel St. Gefion, englisch: *Gefion-Island*. Das Meer unten hat sich beruhigt, befleißigt sich jetzt einer angenehmen flaschengrünen Farbe. Ein Eisberg ist neulich vorbeigeglitten, ganz langsam, kaum merkliche Bewegung. Ein Eisberg von der Form eines liegenden, nach oben blickenden Faunskopfes, weiß wie Marmor, also wie weißer Marmor. Die Flanken blau, blau schimmernd, glitzernd, ein herrliches Bild, aber drohend. Dennoch, wenn er mit meiner Insel zusammengestoßen wäre, hätte er den kürzeren gezogen. Außerdem ist er seiner Zerschmelzung entgegengeschwommen. Nach einigen Wochen ist er am Horizont verschwunden. Zuletzt habe ich nur noch seinen in die Höhe gereckten Fauns-Kinnbart gesehen.

Ich habe schon auch meine Unterhaltung –

Wer den Urknall ausgelöst hat? Ich nicht.

Was vor dem Urknall war –?

Können Sie sich vorstellen, daß einmal, vor Beginn der Zeit, *nichts* war?

Können Sie sich vorstellen, daß außerhalb des Universums *nichts* ist?

Also nicht – das könnten Sie sich vielleicht notfalls noch vorstellen –, nicht leerer Raum, schwarze Leere, nein, nicht einmal Leere. Sondern nichts. Das Nichts – was schon falsch ist, vom »Nichts« zu reden, denn allein das Wort »Nichts« suggeriert, daß es es gäbe. Es es gäbe, zweimal »es«, schon richtig. Aber das Nichts gibt es nicht, weil, wenn es es gäbe, es nicht nichts wäre. Hat schon Parmenides geschrieben. Ich glaube: Parmenides. *Keine Existenz*. Das *Nicht-Sein*. Schwer vorstellbar.

Ich, selbstredend, ich, da auf dem Horn meiner Insel sitzend, ich habe es natürlich leichter, ich kann es mir vorstellen, das Nicht-Sein, habe lang darüber nachgedacht, bin schließlich Gott Caedhonch. Aber selbst für mich war es schwer, erst nach und nach ist es mir klargeworden, daß nichts da war, keine Existenz; kein Raum; keine Zeit; kein Sein. Ich glaube, wenn ich es Ihnen auf lateinisch sagen könnte, würden Sie es besser begreifen, aber ich kann nicht Lateinisch. Nur soviel: *non esse*.
Können Sie das begreifen?
Daß einmal – vor dem Urknall – *kein Sein war*? Daß der Urknall vor allem die aufregende Entstehung des *Seins* war? Des *Esse*?
Wer das *Sein* erfunden hat?
Ich nicht. Ich habe lang genug gebraucht, um mir diesen Sachverhalt auch nur zu vergegenwärtigen, zu verinnerlichen, wie man jetzt sagt.
Seitdem frage ich mich: Wenn dieses komische Universum, dieses sinn- und ziellose Herumgewedel verschwenderisch ausgestreuter Materie, dieses Materie-Sein einen Anfang gehabt hat, kann es dann ewig sein? Widersprāche der Logik. Siehe Schopenhauer.
Das gelbe Reclam-Bändchen ist noch eine Zeitlang auf den Wellen herumgeschwommen, damals.

*

Sie begreifen es nicht. Der Baron begreift es nicht, und der Posaunenwart, der immer noch jammert über gehabte Zahnschmerzen, begreift es auch nicht. Ich suche nach einem Kenning für das Nicht-Sein.

*

Der Vergleich mit gotischen Kathedralen hinkt wie alle Vergleiche, aber einen besseren gibt es nicht. Eine gotische Kathedrale in blauer Farbe. Eine blaue Farbe, die eigentlich weiß ist, wobei das Weiß eigentlich wie Glas ist. Eine von einem wahnsinnigen Baumeister errichtete Kathedrale. Er hat die Formen: die Pfeiler, die Säulen, die Kämpfer, die Gewölbe, die Kreuzrippen und all das in einem albtraumhaften Wirrwarr benutzt, zusammengerafft, geknickt, schräg gestellt - es kam ihm auf keine Harmonie an, nur auf den Raum.
Ab und zu prescht von ganz hinten das Grau (ein edles, körniges Grau) zu uns her, oder es wirbelt in der glasigen Tiefe ein schwarzer Knäuel. Ein blau aufreißendes Maul, kalte Trompeten, jeder Ton vervielfältigt sich - das Geschrei des Posaunenwarts. Ich weiß, es ist ein Kalauer: Sein Schreien kommt wie von gefrorenen Posaunen gestoßen von dort zurück, wo weiße Stalaktiten von Baumstammdicke vor blauen Märchenfenstern eine Riesenharfe vorspie-

geln – ja, vorspiegeln, denn die Riesenharfe spiegelt sich im See, der den Boden der Kathedrale bildet. Jean Paul sagt, daß Sulzer sagt, daß alles, was wie ewig wirken soll, einfarbig sein muß. Hier ist alles einfarbig: Blau, auch wenn das Blau weiß und das Weiß wie Glas und das Glas gelegentlich körnig grau ist. Es ist eben ein weißes Blau.
Die Luft ist blau. Wir atmen blau. Wir wurden blau – nein: nicht so blau wie der Zwirgschütz, nachdem er die unversehrte Kiste Bier gefunden hatte.

*

»Aber der Zwirgschütz«, jammerte der Posaunenwart, obwohl er, seit er vom Baron niedergeschlagen worden war, kein Zahnweh mehr hatte. Durch den Hieb, so Altvogel später, sei das Zahnweh wie in sich selber »zurückspiralisiert«, für kurze Zeit das Gefühl eines kleinen schwarzen Loches hinterlassend. »Der hatte doch auch sein Schweizer Armeemesser dabei, sonst hätte er die Bierflaschen nicht öffnen können. Warum hatte er ... und Sie nicht ...«
»Zwirgschütz ist Zwirgschütz, Baron von Gnalkow zu Stubben und Kamantitz ist Baron Gnalkow zu Stubben und Kamantitz«, sagte der Baron mit Größe.

*

Die Welt ist voll von Kalauern. Darf man denn nicht mehr »blau« sagen?
Wir sind wie von blauem Glas. »Wir müssen vorsichtig sein, damit wir nicht zerbrechen«, sagte Herr v. Gnalkow.
Herr v. Gnalkow, der Blaubart – kann man denn wirklich das Wort »blau« nicht anders verwenden, als daß irgendeine unerwünschte und womöglich blödsinnige Assoziation am Rand auftaucht? Selbstverständlich war auch Herrn v. Gnalkows Bart blau. Er wuchs blau aus dem blauen Gesicht, und der Bart war (geschätzt) fast dreißig Zentimeter lang, da zerbrach Fortunat Altvogel, der Posaunenwart aus Wewelsfleth. Wir warfen die Scherben feierlich in den See.

*

Ich bin Gott Kadon. Ich bin selbstverständlich kein Gott. Ich rede nur so, wozu ich allerdings meinen Grund habe, den ich aber nicht sage.
Ich war auch beim Urknall oder beim sogenannten Urknall nicht dabei, ich habe mir, seit dem Schiffbruch der »Gefion« und seitdem ich da auf diese gottverlassene (von allen Göttern außer mir, den Gott Kaidon oder Chädon, verlassene) Insel geschleudert worden bin, vorzustellen oder besser gesagt zu verinnerlichen oder besser gesagt zu vergegenwärti-

gen versucht, was der Unterschied zwischen dem Sein und dem Nicht-Sein ist.

- von hinten nähert sich wieder ein brüllender blauer Raum, eine weitere kalte Kathedrale mit scharfen, weißen Kanten (diese aber blau), dort, wo andere Kathedralen abgebrochen sind. Diese Kathedrale hat die Form eines halben Pferdes.

- vorzustellen, verinnerlichen, vergegenwärtigen, wie es ist, wenn *nichts* ist. Oder besser gesagt: wie es eben *nicht* ist - wenn nichts ist, nicht einmal der leere Raum, dann ist es nicht, und man kann es sich nicht vorstellen. Es ist falsch, sich eine unendliche, dunkle Leere vorzustellen; ist falsch. Nicht einmal die Leere hat es gegeben. Es war eine Ungegebenheit. Und plötzlich hat es die Gegebenheit gegeben. Verstehen Sie, was ich meine?

Der ungeheure, undenkbare, schwarz-graue, grausame, höchst gefährliche Unterschied zwischen dem Sein und dem ...

Selbst das Wort »Nichts« ist schon zuviel. Ein ewiges, immerwährendes, in sich ruhendes Nicht-Sein. Abessere. Nihil. Griechisch wäre noch besser: ουδεν. Oder Hebräisch. Oder Ägyptisch oder Babylonisch. Wahrscheinlich leuchtet es in einer Sprache gesprochen, die selber schon fast zunichte gegangen ist, am ehesten ein. »Kein zweiter Satz wird von der Göttin ihrem Adepten so eingeprägt wie dieser: Nichts ist nicht.« Nur das Seiende ist - und selbst da ist man sich, wie man weiß, nicht ganz sicher.

Welche Göttin war das? Die heilige Gefion? Nein. Göttin Quathon? also ich? Der Adept jedenfalls war Parmenides, da bin ich mir jetzt sicher.
Bitte, o Leser, denke, *denke* den so abgründigen Unterschied zwischen dem Seienden, dem was ist, dem Daßesist und dem nicht existierenden Un-Seienden, Un-Daßesist – das ewig währende Nicht-Vorhandensein.
Hm. »Ewig während –«, habe ich gesagt.
Ist nur das, was nicht ist, ist nur das Nicht-Essere ewig? Vergänglich nur das Sein?
Der Baron wird langsam komisch.

*

Der Baron verändert sich. Es ist mir das erste Mal aufgefallen, als wir die Scherben des Posaunenwarts feierlich im flüssigen Eis des blauen Kathedralsees versenkten. Es waren etwa zwei Dutzend Scherben. Das Gesicht – eine Maske – schwamm noch längere Zeit oben, trieb hin und her. Ich glaubte, einen vorwurfsvollen Blick auszumachen. »Blödsinn«, sagte der Baron, »welches Recht hätte er, uns Vorwürfe zu machen. Haben wir nicht mit Engelsgeduld sein Geschrei ausgehalten, nachdem er Zahnweh bekommen hat? Sind wir verantwortlich für sein Zahnweh?«
»Wo ist das Zahnweh jetzt?« fragte ich.
»Wie soll ich das verstehen?«

»Fest steht«, sagte ich, »daß er jetzt *kein* Zahnweh mehr hat. Ist mir da zuzustimmen?«

»So ist es«, sagte v. Gnalkow.

»Fest steht auch, daß er Zahnweh gehabt hat.«

»Das ist unbestreitbar.«

»Fest steht weiter, daß er nicht immer Zahnweh gehabt hat.«

»So ist es und nicht anders.«

»Also ist das Zahnweh zu einem bestimmten Zeitpunkt zu ihm hinzugekommen.«

»Das scheint mir überaus klar.«

»Somit ist es nicht anders, als daß des Posaunenwarts Zahnweh und der Posaunenwart selber getrennte Wesenheiten sind. Pflichtet man mir in diesem Punkt bei?«

»Ohne Vorbehalt, denn wenn der Posaunenwart und des Posaunenwarts Zahnweh ein und dasselbe gewesen wären, hätte der Posaunenwart zeit seines Lebens Zahnweh haben müssen – hatte er jedoch nicht.«

»Wo also ist dann jetzund das Zahnweh? Oder mußte es zwangsläufig mit dem, wenn ich den Ausdruck erfinden darf, Zahnweher untergehen? Wenn ja: warum?«

»Das sind überaus schwierige Fragen, o Freund.«

»Es kann nicht sein, daß das Zahnweh zwangsläufig mit dem Zahnweher untergehen muß, da es ja vorher, getrennt vom Zahnweher, existiert hat. Ist dem zuzustimmen?«

»Unbedingt.«
»Da der Tote aber unbestreitbar kein Zahnweh mehr hat, sich also von seinem Zahnweh getrennt hat, existiert das Zahnweh wiederum selbständig.«
»Nichts leuchtet so ein wie dies.«
»Oder aber gibt es das Zahnweh gar nicht?«
»Wie dies?«
»Es existiert, überlege ich, nur das Nicht-Zahnweh, das mit dem Posaunenwart verbunden war bis zu dem Augenblick, an dem ihn das Nicht-Zahnweh verlassen hat und ein Defekt eintrat, den wir fälschlich als Zahnweh bezeichnen, das es aber im eigentlichen Sinn nicht gibt.«
»Dann hätte er nicht so brüllen müssen.«
»Diese Überlegung betrifft die reale, sozusagen niedrige Welt, während meine Überlegungen sich in der Sphäre des Prinzipiellen bewegen.«
»Das sehe ich ein.«
»Somit ist festzuhalten, daß des Posaunenwarts Nicht-Zahnweh noch irgendwo existieren muß. Ist mir in diesem Punkt zuzustimmen?«
»Nichts anderes ist möglich.«
»Oder aber ist es so, daß es ein einziges Nicht-Zahnweh gibt, das über die ganze Menschheit verbreitet ist, jedoch nicht völlig ausreicht, um allen Menschen innezuwohnen, so daß, wie eine zu kurze Decke den Schlafenden nicht völlig deckt, einmal ein Fuß, einmal eine Hand, ein Knie oder das Gesäß sich ohne Decke begnügen muß, immer ein Teil der Mensch-

heit ohne das Nicht-Zahnweh auskommen muß und also Zahnweh hat?«
»Dieser Gedanke scheint mir außerordentlich schlüssig zu sein.«
»Dann aber, so ist unbedingt zu folgern, muß immer eine gewisse, stets gleiche Zahl von Menschen Zahnweh haben. Wenn es beim einen aufhört, fängt's beim andern an.«
»So wie, wenn der Schlafende sein Knie bedeckt, zum Beispiel der Ellenbogen freigelegt wird.«
»Genau so ist es. Also bedürfte es nur der genauen Überprüfung, ob wirklich immer die gleiche Zahl wechselnder Menschen Zahnweh hat, dann wäre erwiesen, daß das Nicht-Zahnweh ein Ding an sich ist.«
»Wird schwer festzustellen sein.«
»Sie sagen es«, seufzte ich.
»Und von hier aus schon gar nicht«, sagte der Baron.
»Das ist richtig, wie es richtiger nicht sein könnte.«
»Und was ist mit den Kühen, wenn sie Zahnweh haben?«
»Ach so, Sie meinen, bei der statistischen Verifikation wäre unter Umständen auch das Vieh zu beachten?«
»Und Pferde? Katzen? Schlangen? Elefanten? Schnecken?«
»Schnecken nicht«, sagte ich.
»Doch«, sagte der Baron, »Schnecken haben Zähne.«
»Nein«, sagte ich.

»Doch.«
»Nein.«
»Doch.«
»Gut«, sagte ich, »aber das Nicht-Zahnweh der Schnecken ist qualitativ verschieden vom Nicht-Zahnweh höherer Lebewesen.«
»Darauf können wir uns einigen«, sagte er.

*

Er nahm langsam die Farbe des Felsens an, allerdings in blauer Variante. Das schien mir nicht absonderlich, weil wir uns ja seit längerer Zeit schon ausschließlich von dieser Substanz ernährten. Nahm auch ich die Farbe des Felsens an? Wir hatten keinen Spiegel. Den Baron fragen wollte ich nicht, weil er sonst die Gegenfrage gestellt hätte, und die zu beantworten wäre mir peinlich gewesen. Wer sagt schon seinem letzten, einzigen Weggefährten gern, daß er zunehmend die Farbe eines Felsens annimmt.
Ich glaube aber nicht, daß ich die Farbe des Felsens annehme, denn erstens bin ich Gott Kawd'n und somit gefeit gegen so etwas, und zweitens tauchten beim Baron auch andere Phänomene auf, die ich bei mir nicht beobachtete.
Ich bemerkte, daß er sich langsamer bewegte. Wenn er ging, rasselte es. Wenn er – mit großer Mühe offensichtlich – eine schnellere Bewegung machte, rieselte

es von ihm. Ich hob, so aber, daß er es nicht bemerkte, ein Stück von dem auf, was von ihm herabgerieselt war. Es hatte genau die Konsistenz des Felsens. Freilich scheute ich davor zurück, das Stück zu essen, ich bin schließlich kein Kannibale. Aber dennoch gab es für mich keinen Zweifel: Der Baron wurde Stein.

»Der letzte Menschenfresser in Europa«, sagte der Baron, »war der Hirte Brotmergel aus Eichelborn bei Berka an der Ilm in Thüringen, 1772, der unter anderem einen Handwerksburschen schlachtete und aufaß«, als wir uns, freilich ohne daß ich meine oben genannten Gedanken geäußert hätte, eines Tages (-Tages?) über Anthropophagie unterhielten.

Es war eines der letzten Gespräche, denn bald redete Herr v. Gnalkow nichts mehr. Seine Zunge wurde zu Stein. Wird er sich selber aufessen?

*

Ein Kenning für das Nicht-Sein ist mir immer noch nicht eingefallen.

*

Wie heißes Wachs, auf eine, zum Beispiel, marmorne Tischplatte geträufelt, sich langsam verfestigt, erst trüb wird, dann undurchsichtig und endlich hart, so verhärtete sich der Baron. Es verschloß sich alles in ihm, immer schneller, zum Schluß sich so überstürzend, daß er von einem Moment auf den anderen erstarrte. Seine eigene Statue aus porösem Fels. Ob er noch lebte? Alles an ihm war Stein, Fels, auch die Augen, die im übrigen weit aufgerissen waren. Vorwurfsvoll?

Gleich nach seiner Felswerdung legte ich mein Ohr an seine Brust. Tief innen glaubte ich einen Herzschlag zu hören. Es kann aber sein, ich habe mich getäuscht, und es war mein eigener. Später hörte ich aber tatsächlich gar nichts mehr. Ob er dennoch lebte? Zur Vorsicht beobachtete ich die notwendige Höflichkeit, grüßte ihn am Morgen, wünschte ihm »Gute Nacht« am Abend –

– am Morgen? am Abend? Sein Bart wuchs naturgemäß nicht mehr, war auch zu einer dichten, kompakten Masse versteinert. Ich behalf mich bei der Zählung der Tage, überhaupt bei der Gliederung des Tagesablaufes mit meinen natürlichen Bedürfnissen: Hatte ich geschlafen, zählte ich die darauffolgende Zeit des Wachens als einen Tag – eine ungenaue Zeitmessung, aber was sollte ich machen? Zum Glück hatte ich zu meiner Unterhaltung das Nachdenken über einen Kenning für das Un-Vorhandensein.

Wissen Sie, was ein Kenning ist? Eine poetische Ungenauigkeit altgermanischer Literatur, soll angeblich schön sein: »Rosse des Meeres« statt »Schiffe«;

»Braut des Krieges« statt »Schwert« und so fort. Kenning, Plural: Kenningar.
»Arsch der Welt« statt: »Insel St. Gefion«.

*

Soll ich auch den Baron feierlich in das Eiswasser, in den »blaugekachelten Fußboden unserer Eiskathedrale«, wie er zu sagen pflegte, versenken? Nein, abgesehen davon, daß er ja womöglich noch lebte, war er, da ja inzwischen aus Stein, zu schwer geworden, als daß ich ihn hätte bewegen können. Ich schmückte ihn mit der k. u. k. Marinefahne. Ich hätte auch die Kerzenstummel vor dem Standbild entzündet, aber ich hatte ja keine Zündhölzer und kein Feuerzeug. Mit dem Degen wollte ich eine Traueradresse in sein versteinertes Hosenbein ritzen, und ich dachte lang über den Wortlaut nach: »Hier ruht ...«? oder: »Dies ist der in sich ruhende Baron ...«? oder: »Ich, Gott Kaethown, gebe, von großer Trauer erfüllt, geziemende Nachricht von der Steinwerdung meines Gefährten ...«? Zuletzt entschied ich mich für den bloßen Namen und ritzte: »Baron von Gnalkow«. Seinen Vornamen hatte er mir ja nie verraten.

*

Propyläen aus Eis, blaue Propyläen, freilich unharmonisch, keineswegs den klassischen Proportionen entsprechend, dem klassischen Kanon. Vitruv hätte die Nase gerümpft. Gequetschte, gezerrte, versehrte Propyläen, mit Gewalt gebogene Linien, Propyläen-Giganten, eigentlich eher Eis-Polypen, brüllend, wie nur Polypen brüllen können – Sie verstehen mich falsch, wenn Sie einwenden: Polypen können nicht brüllen; ich will sagen: brüllen wie Polypen, oder wenn Sie wollen, wie Eis-Polypen, wie nur blaue Eispolypen, die weiß und gläsern sind, brüllen können, wenn sie brüllen könnten. Alles brüllt. Die gefrorenen Wirbel aus grauem Eis (das weiß ist) brüllen aus der Tiefe ihrer Höhlen, wenn ich hinabschaue, Kathedralen über Kathedralen gestülpt, *achtlos* gestülpt, es ist nicht anders zu sagen –

– wie ist es erlaubt, den Gott Khedonn zu schrecken? den Gott Khedonn, der ich bin, der von Uranfang dabei war, beim Urknall, bei der Erfindung des Seins, beim unvergreifmeßlichen Übergang oder platzenden Eintritt oder was – des Seins, der Etwas-Existenz, der Existenz von etwas, von jedwedem, von uns allen, auch dieser Gefrierkathedralen aus blauem Eis, das aus weißem Glas ist mit scharfkantigen Abbrüchen. Wer hat dieses Sein hervorgebracht? Können Sie einen Raum ohne Sein denken? Nein, Unsinn, auch leerer Raum *ist* – was vorher war (aber es gibt kein *vorher*, weil es keine Zeit gegeben hat), worein das zunächst ungeformte Sein, dieses ungeheure

Bündel an Energie, dann platzte, hinein - oder heraus? oder wie? jedenfalls ortlos, zeiterzeugend - im Nichtraum entstand Existenz ... alles andere ist plausibel, wenngleich schwer verständlich, doch plausibel - vom Urknall bis zur Entstehung der Mehrwertsteuer ... aber jenes Nicht-Sein-Existieren, jenes leerer als Leere - jenes Kein-Nichts-Leer-Ohnezeitraum ... St. Gefion, hilf!

*

Eine österreichische Expedition oder Die Entdeckung des Kronprinz Ferdinands-Lands

Das Schiff lief in Venedig am 3. September 1819 aus. Es hieß ursprünglich »Phoebus«, aber der später heiliggesprochene Innozenz Maria Halbvogel, der der Expedition als Bordgeistlicher beigeordnet war, weigerte sich unter lautem Geschrei, ein Schiff, das einen heidnischen Namen trägt, zu segnen. Das Auslaufen verzögerte sich daher um mehrere Wochen, da ein k. u. k. Kriegsschiff (bei der »Phoebus« handelte es sich um eine Fregatte) nicht ohne Genehmigung des zuständigen Ministeriums in Wien umbenannt werden konnte, welche Genehmigung selbstverständlich auf dem Dienstweg einzuholen war. Ein

Auslaufen ohne Segen hätte schwere Verwicklungen mit dem Vatican heraufbeschworen.
Am 1. September 1819 kam endlich der Kurier aus Wien und brachte den neuen Namen mit: »Paprika«. Das »P« am Anfang solle, so die k.u.k. Ministerialordre, aus Sparsamkeitsgründen beibehalten werden, d. h. brauchte am Schiff nicht übermalt zu werden, so daß k. u. k. ärarische Marinefarbe eingespart werden konnte.
Der Kapitän – Karl Borromäus Pfaundler, Edler von Hadermur, ein Tiroler – wollte das sogleich dem späteren Heiligen (und, dies nebenbei, seit 1913 Stellvertretenden Schutzheiligen der Salzämter) mitteilen, das ging aber nicht, weil St. Halbvogel ins Gebet vertieft war. Erst am Nachmittag tauchte er aus dem Gebet auf, erbleichte aber, als er vom neuen Namen des Schiffes erfuhr. Nein! schrie er dann, »Paprika« sei ja noch schlimmer als »Phoebus«, das sei quasi die Unkeuschheit selber. »Wie das?« so der Kapitän. Das sei doch klar, so der Heilige, der Kapitän werde doch nicht erwarten, daß er, Johannes Innozenz Maria Halbvogel CSSR, Unkeuschheiten auch noch erkläre, kurzum, er segne das Schiff nicht, und außerdem werde er sich noch im Lauf der nächsten halben Stunde wieder ins Gebet versenken.
Er versenkte sich dann auch, so tief, wie später festzustellen war, daß die Ordonnanz nicht in der Lage war, den Heiligen heraufzuholen, als der Kapitän zwar voll von Gewissensbissen, aber eigenmächtig, um

das Auslaufen nicht nochmals zu verzögern, dem Namen des Schiffes zwei Buchstaben und einen Punkt hinzugefügt hatte und dies dem Heiligen mitteilen lassen wollte: »St. Paprika«.
Der Schiffsarzt, ein gewisser Dr. Eduard Goldstein, hatte übrigens vermutet, daß dem hl. Halbvogel das Ungarische an ›Paprika‹ unkeusch erschien – »– wegen der bekannten Leichtlebigkeit der Magyaren – Csardas, Mulatschak und so fort –«. Aber es war wohl der Schiffsleutnant, der den Kern der Sache traf: Er meinte, die bekannte fleischesluststeigernde Wirkung des Paprikas habe den Heiligen sich an dem Wort stoßen lassen.
Nachdem es der Ordonnanz nach Herbeirufung eines k. u. k. Marineregimentsmusikers mit einem Paar Tschinellen gelungen war, die Tiefe des Gebets des hl. Halbvogels zu durchdringen, und nach längerem weiteren Hin und Her, und nachdem der Kapitän mit einer Überzeugungskraft, die nur der frechen Lüge eignet, dem Heiligen vorgegaukelt hatte, es gebe einen hl. Paprika, und es habe im 3. Jahrhundert sogar einen Papst dieses Namens gegeben, ließ sich Halbvogel herbei, das Schiff, wenngleich mürrisch, zu segnen.
Kurz vor der Ausfahrt aber verlangte Halbvogel, daß der Schiffsarzt von Bord gehe. Er, Halbvogel, reise mit keinem Schiff, auf dem ein Jude sei. So verließ Dr. Goldstein die »St. Paprika« und überlebte als einziger die Expedition.

– Und wenn einer krank wird? fragte besorgt der Kapitän.
Man meinte zunächst, die Sirene des benachbart am Kai liegenden Schiffes (des ungarischen Avisos »Herr-Ober-bitte-noch-einen-Gespritzten«) sei losgegangen, aber es war der hl. Halbvogel. Aus seinem Geheul entwickelte sich nach einiger Zeit eine Flut von Vorwürfen: ob der Kapitän denn an der Macht des (und vor allem seines, St. Innozenz Marias) Gebetes zweifle? »Oh, oh, oh Kleingläubige, oh im Glauben Unverwurzelte, wisset ihr denn nicht, daß dem Gebethe –«, man hörte deutlich das T-H, »– mehr Kraft innewohnet als allen Salben und Pillen?! oh ihr Verstockten – wo doch der Heilige Vater eigentlich der ganzen Medizin ablehnend gegenübersteht, denn deren ohnedies oft so und mit Recht fruchtloses Bemühen ist nichts anderes als ein Eingriff in den göttlichen Heulsplan. Allein aus dem Gebethe ist Heulung und Heul zu erhoffen ...«, und somit, führte er weiter aus, sei als einziges (»eunziges«) Medikament nur das Gebeth zulässig. Er habe, so der Heilige weiter, dies zur Beruhigung des Kapitäns und der Mannschaft, eine exakte, vom Vatican abgesegnete Liste aller erdenkbaren Kankheiten bei sich mit angefügter Aufzählung des jeweils anzurufenden Heiligen dabei. Von »Afterjucken: St. Ambrosius« bis »Zehenkrämpfe: St. Leporius« sei alles Notwendige enthalten, sagte Halbvogel.
Der – später heilige – Innozenz Maria Halbvogel

wirkte seit 1808 in Wien und war berühmt, ja berüchtigt für seine Verzückungen. An Marienfesten verzückte er oft derart, daß er bis zu zwei, drei Fuß hoch hüpfend durch die Mariahilfer-Straße sprang, dabei laut: »Osternimmeere« singend, sich selber auf einer kleinen Trommel begleitend. Die Polizei hielt ihn zeitweilig für einen Spion, weil er sich gar so auffällig verhielt. Der Polizeiminister Graf Sedlnitzky sagte: Er habe zwar gelernt, daß Spione sich ganz besonders unauffällig halten, weswegen er sicher sei, daß ein exzellent gewitzter Spion, der wisse, daß der Polizei besonders unauffällige Individuen auffallen, eben deswegen sich hervorragend auffällig verhalte und, sich somit in Sicherheit gewiegt, glaube nicht aufzufallen, weshalb also vermutlich der so pittoresk hüpfende und trommelnde Pater Halbvogel nichts anderes als ein Spion sein könne. Unklar allerdings war, für wen Halbvogel spioniere. Für Napoleon? für die Russen? für den Vatican? Trotz schärfster Observation konnte das die Polizei nie herausbringen, was letzten Endes nicht mit Unfähigkeit der Observierenden zusammenhing, sondern damit, daß Halbvogel in der Tat kein Spion war.

Seine zweitwichtigste Lebensaufgabe – neben der Marienverehrung – sah Halbvogel in der Bekehrung abgeirrter Schafe. Er redete auf Friedrich Schlegel, auf Clemens Brentano, auf Zacharias Werner so lang ein, rannte ihnen nach, blieb nächtelang hartnäckig bei ihnen sitzen – »O bekehren Sie sich! o bekehren Sie sich!« rief er, oft an die hundertmal hintereinander. Der hünenhafte Zacharias Werner, ohnedies dem Wahnsinn nahe, regte sich dermaßen über Halbvogels Geschrei auf, daß er ihn packte und zur Tür hinauswarf, wobei es aber dem späteren Heiligen gelang, den Türrahmen im Fluge zu fassen, sich daran festzuklammern und seine Bekehrungsrufe nur noch heftiger fortzusetzen. Zacharias Werner wankte nur noch, glaubte, weiße Mäuse zu sehen, und erklärte sich endlich bereit zu konvertieren, damit Halbvogel aufhöre, ihn zu bekehren.

Leider blieben die weißen Mäuse. Halbvogel erklärte, daß das wahrscheinlich Englein seien, die so lange blieben, bis auch der letzte Rest lutherischer Gesinnung aus Werners Seele gewichen sei. Befreundete Wiener Spaziergänger konnten in der Folge beobachten, daß der riesige Zacharias Werner und der zwergwüchsige Innozenz Maria Halbvogel Arm in Arm (mühsam nur konnte sich der Pater nach oben einhenkeln) durch den Prater zogen, laut »Meersternichdichgrüße« singend. Daß auch die Geheimpolizei dies mit Mißtrauen beobachtete, versteht sich von selbst.

Das Faß zum Überlaufen brachte aber, daß Halbvogel im Mai 1819 versuchte, den Erzbischof von Wien zu bekehren. Das Argument, daß der Erzbischof bereits katholisch sei, leuchtete Halbvogel nicht ausreichend ein. Man beriet auf höchster Ebene. Es blieb, kam man zum Schluß, nichts anderes übrig, als

eine Antarktisexpedition auszurichten, um Halbvogel dort als Schiffskaplan wenigstens für einige Zeit loszuwerden.
»Dann kann er die Walfisch' bekehren«, sagte der Erzbischof.
»Was ihm ohne Zweifel gelingen wird«, sagte der Minister.
Auch der Kapitän, Karl Borromäus Pfaundler, Edler von Hadermur, war am Hof mißliebig geworden, seit eine nachgerade als Majestätsbeleidigung zu bezeichnende Frechheit seines Großvaters ruchbar geworden war. Dieser Großvater, ein, wie man ehedem sagte, ehrsamer Schullehrer im Ötztale zu Tirol (genauer gesagt: der Gefürsteten Grafschaft Tirol), hielt sich eines Tages mit behördlicher Genehmigung im Wald auf, um Bucheckern zu sammeln. Davon ernährte sich seine Familie. Lehrern ein Gehalt zu bezahlen war damals nicht üblich. Ein Erzherzog verwechselte den Lehrer mit einem Hirsch und schoß. Der Lehrer Pfaundler »zeichnete«, wie es in der Jägersprache heißt, sehr schön, das heißt, er überschlug sich dreimal und rollte in einen Graben. Der Erzherzog, zunächst sehr erfreut, erklärte später, es sei ihm jede Freude daran genommen, weil kein Hirsch, sondern nur ein Lehrer schön »gezeichnet« habe. Dennoch ließ es sich nicht vermeiden, die Witwe und die Waisen irgendwie zu entschädigen. Der immer noch leise vor sich hinmurrende Erzherzog (es hat sich um den Erzherzog Leopold Wenzel gehandelt, damals acht-

zehn Jahre alt, Bischof vom Olmütz und Kardinal) weigerte sich, die Witwe um Entschuldigung zu bitten, weshalb man zunächst daran dachte, der verwaisten Familie eine Rente auszusetzen. Als kostengünstiger stellte sich dann aber – wie in vielen vergleichbaren Fällen – eine Nobilitierung heraus. Die kostete die kaiserlich-erbländische Domänenadministration, die für derlei zuständig war, außer dem Bogen Papier und dem Batzen Siegellack gar nichts. (Nahezu 80 % aller österreichisch-ungarischen Adelsfamilien, hat der Experte in dieser Frage, Herr v. Preradowich, herausgefunden, verdanken ihren Adel solch allerhöchsten Jagdunfällen.)
Der älteste Sohn der, wenn man so sagen kann, Jagdbeute des Erzherzogs war damals einundzwanzig Jahre alt, also knapp majorenn. An ihm war es, ein Prädikat auszuwählen: »Edler von ...«, von? fragte das Heroldsamt. Der einundzwanzigjährige Pfaundler war, es ist leider nicht anders zu sagen, von den verderblichen Ideen angekränkelt, die damals von Frankreich her einsickerten, hatte den Pfarrer auch mehrfach schon mit heiklen Fragen in Verlegenheit gebracht (»Warum beten wir das Vaterunser in der Abendandacht siebenmal hintereinander? Ist Gott so schwer von Begriff, daß er 's das erste Mal nicht versteht?«) und hatte heimlich in seiner Kammer einen Kupferstich mit dem Bild König Karls des Ersten von England aufgehängt, auf dem dieser bereits ohne Kopf dargestellt war.

Der junge Pfaundler, Martin hieß er, Vater des späteren Korvettenkapitäns Karl Borromäus Pfaundler, wählte fürs Prädikat aus Groll und Trotz die Bezeichnung jenes Grabens aus, in den sein Vater »schön zeichnend« von der erzherzoglich-allerhöchsten Kugel gefegt worden war, und diese Grube hieß im Volksmund: die Hader-Mur, »Hader« = Lumpen, »Mur« = (auch) der Graben, die Schlucht, also der Graben, in den – und so war es auch – der Abfall des Dorfes geworfen wurde.
In Wien im Heroldsamt durchschaute man die Sache selbstverständlich nicht, was weiß ein Wiener, was eine Hadermur ist, und wenn man die Bedeutung nicht kennt, klingt »Hadermur« ganz gut.
Korvettenkapitän Karl Borromäus Pfaundler, Edler von Hadermur, war der Schmied seines eigenen Unglücks. Er wollte die Unschicklichkeit, ja obrigkeitsfeindliche Renitenz seines Vaters wenn nicht auslöschen, so doch mildern und beantragte 1817 beim Heroldsamt die Änderung seines Prädikats von »Hadermur« in das den lästerlichen Tatbestand verschleiernde »Ha d'amour«. Korrekt und gottesfürchtig, wie er war, gab er in aller Unschuld als Begründung den wahren Sachverhalt an.
Die Haare der Beamten im Heroldsamt zu Wien standen schon nicht mehr zu Berge, sondern zu Chimborazze und Evereste. Vier Beamte, die keine Haare mehr hatten, rangen die Hände bzw. sanken in die Knie und sandten die für diese und vergleichbare

Fälle vorgesehenen Stoßgebete zum Himmel. Und man reagierte blitzschnell: schon nach knapp zwei Jahren brachten geheime Nachforschungen nicht nur die staatsgefährdende Gesinnung des Sohnes des seinerzeit erlegten Pfaundlers, sondern auch die Hadern in jener Mur zutage. Der Volksmund wurde durch k. k. Cabinetts Ordre angewiesen, die Hadermur in Zukunft »Zephyrau« zu nennen (eine merkwürdige Logik), und Korvettenkapitän Pfaundler wurde auf jene Expedition geschickt. Den Bescheid über seinen Antrag, so wurde ihm mitgeteilt, werde er nach Rückkehr erhalten.

»Wenn der Pater Halbvogel an Bord ist«, sagte der Chef des Heroldsamtes, Konrad Ritter Bachveitl von Sonnenstein, »dann dauert es nicht lang und er reißt die Seekarten, den Kompaß und das Kommando des Schiffes an sich, navigiert allein mit Gottvertrauen, und wir sehen und hören von der ganzen Expedition nie mehr etwas.«

»– womit allerdings in Kauf zu nehmen sein wird, daß der Vorgang ›Antrag des k. k. Korvettenkapitäns Karl Borromäus Pfaundler, Edler von Hadermur, auf Abänderung etc.‹ unerledigt und das betreffende Aktenzeichen auf ewig ungelöscht bleibt«, wandte ein Vizeregistrator warnend ein.

»Aber lieber das, als daß eine so horrend peinliche Sache womöglich an die Öffentlichkeit kommt.«

Der Edle von Sonnenstein sollte recht behalten. Nachdem die Hälfte der Mannschaft vom (späteren)

Heiligen vom Skorbut durch Handauflegen und gemeinsames Ansingen des Liedes »Mariadichliebenistallzeitmeinsinn« nicht geheilt worden war und er in der Tat das Kommando des Schiffes an sich gerissen hatte, was dadurch erleichtert wurde, daß der Kapitän mit Bauchkrämpfen darniederlag, sauste das Schiff, vom lauten Gesang von den Lippen Halbvogels: »Ohölzweighimmelskaiserin« begleitet, gegen die vereisten Klippen jener unbekannten, von Menschenaugen bis dahin nie gesehenen Insel.

Das Schiff zerschellte (wie später die »Gefion«, allerdings an der gegenüberliegenden Seite), der Rest der Mannschaft ertrank, lediglich der Kapitän und der immer noch singende Innozenz Maria Halbvogel konnten sich ans Ufer retten, brachten sich, allerdings alles andere als endgültig, in einem Eisdom im Inneren der Insel vor den mahlenden Kältestürmen in Sicherheit. Halbvogel versäumte nicht, wie sich denken läßt, den Eisdom zu segnen. Er segnete auch die verschiedenen Stalagtiten und Stalagmiten und nannte den Eisdom »Sanct Mariae Gnaden Milchbrüste«, die Insel selber nannte der Kapitän (da konnte der staatsfromme Pater nicht gut etwas dagegen einwenden) »Kronprinz-Ferdinands-Land«.

Kronprinz Ferdinand, der spätere Kaiser Ferdinand I., genannt: »im Korbe«, erfuhr nie etwas davon.

Nach wenigen Tagen erstach der Kapitän den Pater mit dem oben erwähnten Degen, weil er das ununterbrochene Marienlieder-Singen Halbvogels nicht

mehr ertrug. (Es war schon länger bekannt, daß sich Halbvogel durch strenge Askese die Fähigkeit anerzogen hatte, selbst im Schlaf laut Marienlieder zu singen.)
Wenige Tage später verhungerte dann der Kapitän. So endete auch diese k. u. k. österreichisch-ungarische Expedition wie alle anderen ähnlichen Versuche kläglich. Um peinliche Fragen nicht aufkommen zu lassen, wurde nach einiger Zeit, als man die Rückkehr der Expedition für endgültig ausgeschlossen ansah, der Leichnam eines an Bleichsucht verstorbenen, familiär-anhangslosen mährischen vazierenden Knopfhändlers namens Drovák konfisziert und feierlich als P. Halbvogel CSSR begraben.

*

Das Sein gibt es, logisch. Wenn es etwas gibt, ist es das Sein. Da Gott – nicht ich, Gott Kadon, sondern der wirkliche Gott –, da Gott aber das Sein erschaffen hat, kann er nicht das Sein sein. Ich weiß nicht, ob sich einer, der das liest, den klaftertiefen Sinn dieses zu erfassen die Mühe macht.
Ich setze mich auf dem Horn von St. Gefion zurecht, lege die Beine übereinander und fange nochmals an: der Urknall, oder was immer das war, hat das *Sein* hervorgebracht. Wer hat den Urknall, oder was immer, diese Explosion vom Nicht-Sein ins Sein

bewirkt? Gott. Klar. Also ist Gott außerhalb des Seins, und so gesehen *ist Gott nicht. Kann nicht sein, weil er* ... weil er ist? Grade nicht. Gottes Sein ist nicht unser Sein. Leute, übermalt eure Gemälde, die den lächerlichen Alten mit dem lächerlichen Vollbart darstellen, wendet euch ab von den hölzernen Bildern in den Kirchen. Gott ist im Nichts, das es allerdings im Sinn unseres Seins nicht gibt. Gott gibt es, weil es ihn nicht gibt.
Wie oft soll ich das noch sagen? Ich, Gott Kadon, der euch im Vertrauen sagt, daß ich zwar Kadon bin, aber wahrscheinlich eher doch nicht Gott –

*

Es bleibt immer noch, jenseits aller Fragen, die das Universum betreffen, die eine Frage offen, warum durch das Hinfallen, Hinstürzen zu Boden des weiland Posaunenwartes sein Zahnweh verschwand.

*

Der stählerne Quader, den ich Kawe genannt habe, wandert. Er frißt sich durch den Fels. Ich glaube aber nicht, daß er sich vom eßbaren Fels ernährt, so wie zuletzt wir drei: der Posaunenwart, Herr v. Gnalkow und ich. Eine Frage dazwischen – Sie müssen

wissen, daß ich immer noch auf dem einen, dem linken Horn meiner über alles geliebten St.-Gefion-Insel-Kronprinz-Ferdinands-Land sitze und weiter nichts zu tun habe, als aufs Meer hinauszuschauen und nachzudenken. Eine Frage dazwischen (ich werde auch noch die andere Frage, die Frage aller Fragen beantworten; nur Geduld) – eine Frage oder besser, ein Gedanke dazwischen: hat die Göttin und Riesin, die Asin Gefion irgendwelche eßbaren, aber geheimnisvollen Substanzen zu sich genommen? etwa vom Himmelsgewölbe? und ist dadurch langsam zum eßbaren Fels der Insel geworden? Ist – man verzeihe den indelikaten Gedanken – diese Himmelsgewölbesubstanz (ich bitte: das ist hypothetisch) durch die Göttin Gefion hindurchgegangen, die Göttin selber in den eßbaren Fels verwandelnd? Nein, das erscheint mir unlogisch. Ich fange von vorn an, klicke am Laptop »zurück«: hat ein Göttinnen-Gott, also ein Gott, den Göttinnen verehren, ein Gott hoch zwei, die Asin-Riesin Gefion verzehrt und als Insel hier im Nordmeer, das ein Südmeer ist, wieder ausgeschieden? Hatte die Göttin Gefion zwei Hörner, auf dessen einem ich – Gott Kadon – im Augenblick mit meinem Laptop sitze –? Dann hieße die Insel nicht Gefion, dann *wäre* die Insel Gefion.
O Gefion, du eßbare, du Stern im Meere, Meerstern, ich dich grüße, Gottes Mutter und Geliebte, Der Betrübte wandelt nun verklärt von hinnen. Ewige Güte, ewige Milde, O! ich weiß, du bist Mathilde und

das Ziel von meinem Sinnen. Wer ist Mathilde? Ich denke nur noch, seit ich sie nackt davonfliegen gesehen habe, an Lorna Finferli. Ist Mathilde so schön wie Lorna Finferli? Meine, wenn ich so sagen kann, Lorna Finferli? Oh käme sie zurück, flöge sie auf aus dem ölig-schwappenden Eismeer, einige Tropfen von den Brüsten schüttelnd, oh Lorna Finferli, nie habe ich ein Wort mit dir gesprochen, und dennoch bist du meine schwarze Sonne. Ewige Güte, ewige Mildinferli, O! ich weiß, du bist Lorna Finferli. Da kommt einer, oder täusche ich mich? Nein, ich täusche mich nicht, da kommt einer. Einer mit langen Haaren. Das Meer wird rot. Blut? In himmlischem Blute schwimmt das selige Paar. Es ist aber nur einer, der dahergeschwommen kommt. O! daß das Weltmeer schon erröte, und in deftiges Fleisch aufquölle der Fels!

»Mit deftigem Fleisch, geehrter Herr«, sage ich, »kann ich nicht dienen, aber immerhin ist dieser Fels, in dem Sie eigentlich die transsubstantiierte Göttin Gefion sehen, eßbar, wenngleich keineswegs deftig, sondern nach so gut wie das Garnichts schmeckend, dennoch oder vielleicht gerade ebendarum bekömmlich und nahrhaft, wobei ich aber da ›bekömmlich‹ einschränken muß: dem Baron v. Gnalkow, dessen aus ihm selbst gefertigtes Standbild Sie dort sehen, ist es nicht bekommen.«

»Entfernt verwandt, der Baron«, sagte der Schwimmer, triefend von Blut. Weinen muß ich, immer wei-

nen: möcht' er einmal nur erscheinen, Einmal nur von Ferne mir. Heilige Wehmut! ewig währen meine Schmerzen, meine Zähren –
»Haben Sie St. Wehmut persönlich gekannt?«
»O«, sagte er nur und zerfloß in Tränen. Verhauchend bat er noch, Tränen mit ›h‹ zu schreiben. Also tu' ich's. (»Soll ich *›tu' ich's‹* auch mit h schreiben?« »Nein, danke.«): – und zerfloß in Thränen.
Die Thränen – rot wie das Meer – flossen über die scharfkantigen, blaukristallenen Abbrüche meines Eises. Unschön. Gefion, Göttin, Asin, hilf mir aufwischen …

*

Aber immerhin verstand er etwas von der Sache mit dem stählernen Quader Kawe, hatte die Montanwissenschaft studiert. Er wird im Lenz mit Lust empfangen/ Der zarte Schoß quillt still empor/ Und wenn des Herbstes Früchte prangen/ Springt auch das goldne Kind hervor. Damit ich nicht in falschen Verdacht gerate: das stammt weder von der Göttin Gefion noch von mir. Auch Baron v. Gnalkow kommt als Verfasser nicht in Frage, allenfalls der Posaunenwart Altvogel aus Wewelsfleth, dem bekanntermaßen alles zuzutrauen ist, aber: nein, auch von ihm stammt es nicht. Auch er ist völlig unschuldig daran. Im Lenz mit Lust empfangen: nun ja, derlei geht nicht selten im Lenz und mit *Lust* vor sich, sofern nicht eine wie die Marquise von O. im Schlaf ... und so weiter –

O Lorna, o Lorna Finferli – du gloriose nackte, du blaue Sonne (habe ich vorhin »schwarze Sonne« gesagt? auch gut, sowohl schwarze als auch blaue nackte Sonne), du würdest nicht weiterschlafen, du würdest, wenn ich –

Aber ich habe ja nicht einmal ein einziges Wort mit Frau Lorna Finferli gesprochen auf der ganzen, unseligen, so abrupt endenden Kreuzfahrt, bin per ›Sie‹ mit ihr geblieben, selbst wenn ich den goldenen Hintern, durch den messerscharfen Sturm jeder Kleidung entblößt, zwar nur für Sekunden, aber unauslöschlich im Gedächtnis gesehen – was heißt: gesehen, bewundert, bestaunt, eingesogen, eingebranntsogen, eingeseeltbrandgesogen, ewig gesogengebranntherzzerrisswundert, gekrowunbarnakkolototterogangefreuzognackspnandart – andertandertandert – Das lassen wir also noch hingehen: im Lenz mit Lust empfangen. (Avemariagratiaplenaetceterena ... das meinte er allerdings damit, der Herr Bergassessor, obwohl lutherisch! ob unter den Umständen dennoch von Lust die Rede sein kann? Lust mit th vielleicht? Eine höhere göttliche Lusth?) Und aber, Herr Bergassessor, wie stellen Sie sich »Der zarte Schoß quillt still empor« vor? Wenn Sie schon mit Ihrem Poem ins Gynäkologische hinüberschlittern, erlauben Sie mir wohl die Frage:

haben Sie schon einmal einen weiblichen Schoß *quellen* sehen? und gar *empor*? Und wenn die bewußte Lust-Sache im Lenz, also im Frühjahr, also März, April vonstatten gegangen ist, springt der goldene Knabe frühestens im Dezember hervor, es sei denn, er ist ein Siebenmonatskind, dann mag es zu Zeiten der prangenden Früchte geschehen sein, wobei aber dann vom Hervorspringen keine Rede sein kann. Haben Sie schon einmal ein Siebenmonatskind gesehen?
Ich glaube, der Kerl hört mir überhaupt nicht zu. Er ist in den Anblick des stählernen Kubus vertieft.

*

Auch der Herr Bergassessor begreift es nicht. Ich habe es ihm zu erklären versucht: »Herr Bergassessor«, habe ich gesagt, »Gott kann nicht sein. Bitte betrachten Sie jedes dieser Wörter als unterstrichen oder fettgedruckt oder kursiv. *Gott kann nicht sein. Gott gibt es nicht, weil es ihn, gäbe es ihn, nicht gäbe.* ***Gott existiert nicht.*** Und eben deshalb gibt es Gott. Verstehen Sie?«
Thränen traten in seine Augen. Er schleckte an seinem Rosenkranz und sang: »O du Königin unserer Hoffnung …«
»Das ist natürlich einfacher«, sagte ich, »als zu begreifen zu versuchen. Aber ich geb's nicht auf: sehen Sie,

beim Urknall oder wie immer man das nennen will, ist die Existenz, das Sein an sich, entstanden. Vorher war nichts, nichts Seiendes – ist das einigermaßen klar? Wenn, was nicht anzunehmen ist, ein noch nicht seiendes Sein die Kraft gehabt hat, aus sich heraus ins Entstehen zu entstehen, hatte Gott seine Hand dabei im Spiel, um einen eigentlich unzulässigen Anthropomorphismus zu gebrauchen. Wenn aber Gott das Sein, das EssereExistierenExistenzVorhandenSein hervorgerufen hat, dann ist Er – stellen Sie sich, Herr Bergassessor, auch diesen Satz gesperrt gedruckt vor –, dann ist Er außerhalb des Seins, also *ist* er nicht. Und gerade durch dieses Nicht-Sein, dieses zwangsläufige Außer-Sein, beweist sich einzig, daß es ihn gibt.«

»O Himmel«, jammerte der Bergassessor, »das ist alles so kalt.« Und er sang: »Stabat Mater dolorosa …« Und sagte: »Und ich habe mich so gefreut darauf, wo ich doch eh so jung hinwegsterben werde, daß ich mit der heiligen Agnes und der heiligen Katharina in Freuden den Anblick Gottes genießen werde –« Er küßte wieder seinen Rosenkranz. »Glauben Sie, Herr Kaheton, daß es hilft, wenn ich ganz innig bethe, daß es den Himmel doch gibt?«

»Ich glaube nicht«, sagte ich, »daß Gott Vater seinen Bart alle vier Wochen stutzen lassen muß.«

»Aber schön wäre es doch schon«, wimmerte er, »wenn wir alle selig dort oben in Frieden vereint wären?«

»Und die Juden in der Hölle?« sagte ich. »Ich möchte einmal den Papst fragen –«

*

»Heiliger Vater –«, ich hielt ihn am Rockzipfel fest. Unwillig schaute er um.

»Ja? Und?«

»Heiliger Vater, glauben Sie wirklich, hören Sie: *wirklich*, daß jener alte Rabbiner, der dort vorbeigeht, gebückt wie Sie, der sein Leben lang nichts Böses getan hat, nur eben aus Überzeugung kein Christ war, der fromm in seinem Sinn gelebt hat, dessen Familie im übrigen in diversen Konzentrationslagern in stillschweigendem Einverständnis mit einem Ihrer Vorgänger von Christen vergast und verbrannt wurde, daß dieser Rabbiner nach seinem Tod im Höllenfeuer ewig rösten wird?«

»Ich habe«, sagte der Papst, schaute auf seine Armbanduhr, er hatte es eilig, »ich habe unlängst erklärt, daß es die Hölle zwar gibt, daß aber die Vorstellung von solchem Kesselzeug und so falsch ist. Die Hölle ist die absolute Nicht-Kommunikation mit Gott –«

»Und der verfällt gnadenlos der fromme Rabbiner?«

»Ich habe keine Zeit, um solche dummen Fragen zu beantworten«, sagte mit knarzender Stimme der

Papst, küßte seinen Rosenkranz und humpelte davon.
Glaubt er wirklich an Gott? oder nur an den Rosenkranz?

*

Es ist aussichtslos, zu versuchen, dem Bergassessor die Sache verständlich zu machen. Dabei müßte es doch gerade ihn interessieren, wie brüchig das Ganze ist. Malen Sie es sich doch kurz einmal aus. Da ist das *Sein* mit einem einzigen Bluff entstanden. Ist da nicht denkbar, daß das Sein (Sie verstehen: nicht das Weltall, die Galaxien und all das im einzelnen, nein: dieses Esse-Sein an sich) mit dem gleichen Bluff zerplatzt und nichts mehr ist, was ist? In der nächsten Sekunde? Und Sie merken es nicht einmal, weil Sie schlichtweg nicht mehr sind?
Nicht mehr sind wie das Zahnweh des Posaunenwarts?

*

Ich habe keine Angst davor, daß es nach dem Tod nichts gibt. Ich wüßte es dann nur gern.

*

»Wenn Sie weiter so hin- und herwackeln, Herr Bergassessor, dann wird es Sie noch von Ihrem Sitz hauen.«
»Ich wackle nicht«, sagte der Bergassessor weinerlich, »ich werde gewackelt.«
Das Wackeln des Bergassessors auf seinem Horn (dem rechten, ich saß auf dem linken) riß mich unschön aus meinen musikalischen Gedanken. Ich stellte mir vor, ich sei die Figur einer Oper, ich säße hier und singe, Bariton, selbstredend. Jeder intelligente Mann singt Bariton. Ich singe die große Arie:

»Süßer Reiz der Mitternächte,
Stiller Kreis geheimer Mächte,
Wollust rätselhafter Spiele,
Wir nur kennen euch ...
Gefion und ich, nämlich.«
et cetera

Vertont vom größten Komponisten, der je gelebt hat: Viktor Neßler. Seine Oper »Der Trompeter von Ofterdingen« ist das absolute Spitzenkunstwerk der Musikgeschichte, wird allenfalls übertroffen, allerdings nur wenig, von der Oper »Die Mühle im Wisperthale« von Wilhelm Freudenberg. Beide Komponisten, Freudenberg und Neßler, hatten ursprünglich Theologie studiert, der eine in Straßburg, der andere in Heidelberg. So ist es nicht verwunderlich, daß ihre musikalische Erfindung vom

Geist inspiriert ist. Ich wollte sie eben bewegen, gemeinsam die Oper »Der Wisper-Trompeter von St. Gefion oder der Kaiser im Korbe« zu komponieren, da fing der so unselige und so weinerliche Bergassessor auf seinem Horn zu wackeln an.
Ich mußte ihn wenig später um Entschuldigung bitten: ich wackelte auch. Wir wackelten, daß –

*

Warum hieß Kaiser Ferdinand, dem, als er noch Kronprinz Ferdinand war, diese Insel gewidmet worden war, »Der Kaiser im Korbe«? Es ist schwer zu entscheiden, ob das, was der Kaiser tat, Schwach- oder aber Tiefsinn war. Er ließ sich einen Korb von genau der Größe flechten, daß er sich bequem in ihn hineinringeln konnte. Kein anspruchsvolles, allzu kostspieliges Vergnügen, obwohl erst der achte Korb den Ansprüchen des Kaisers genügte. (Die sieben verworfenen Körbe wurden verschiedenen Greisenasylen überlassen. »Man soll die Greise von mir schön grüßen«, hatte der Kaiser milde gesagt.) Belastete die Zivilliste nicht stark; stand in keinem Verhältnis zu den Vergnügungen anderer Fürsten: Schlösserbauen, Gestütebetreiben, Maitressenaushalten.
Der Kaiser ringelte sich also in den Korb, und zwar sozusagen senkrecht. Der auftragsgemäß nicht ko-

nisch, sondern exakt trommelartig gearbeitete Korb lag auf der Zarge, der Boden des Korbes senkrecht stehend. Durch geschickte Gewichtsverlagerung versetzte der in den Korb geringelte Kaiser (half beim Start allerdings etwas mit der Hand nach) den Korb in Bewegung, rollte ihn und mit ihm durch die Säle der Hofburg. Lakaien mußten die Zwischentüren aufreißen. Mit der Zeit erlangte der Kaiser eine derartige Geschicklichkeit im Korbrollen, daß der Korb mit dem Kaiser, so der Lakai Kornscheidt später: »durch die Säl' g'schossen is samt Majestätt förmlich wiara Kanonenkugel.«

Wahn- oder Tiefsinn?

Der Erzbischof von Wien, Vinzenz Eduard Milde, ein eher liberaler Mann, der allerdings – als in Brünn geboren – schrecklich böhmakelte, glaubte dem Kaiser Vorhaltungen wegen dieses Korbrollens machen zu müssen. »Errlaubän Májestett ...« (der Erzbischof betonte alles auf der ersten Silbe) »... zu bämärkän, daß mächte vielleicht die Lákajen komisch èrscheinen, wenn Májestett, èrlaubän den Ausdruck gäwissermaßen unwirdig so im Korb hinundhärrollen bälieben.«

»Mein lieber Erzbischof. Oh nein. Probieren Sie's. Probieren Sie's! Und Sie werden sehen.«

Eine Quelle der Erkenntnis? Wie gesagt: Wahn- oder Tiefsinn?

*

Die Insel wurde weich. Zunächst, ich spürte es an meinem Hochsitz auf dem linken der beiden Hörner, als sei sie plötzlich aus prall ausgestopftem Leder; das war noch nicht besorgniserregend. Dann wie aus zähem Schaumstoff, schon deutlich wakkelnd. Der Bergassessor sang schon ununterbrochen: »Duperleachderkeuschheit«. Dann wie Pudding. Ich übergehe die Zwischenstationen. Die Weichwerdung war gleitend. Der Bergassessor hielt seinen vom hl. Innozenz Maria Halbvogel geweihten Rosenkranz hoch über seinen Kopf und sprang von seinem schon weit nach unten geneigten Horn.
»Springen Sie nicht!« schrie ich.
Er sprang doch; hinaus aufs Meer. Und –

*

Immer noch ungelöst sind die Fragen:
Spiegelstrich: erstens: warum verschwanden mit dem Sturz des Posaunenwarts dessen Zahnschmerzen?
Spiegelstrich: zweitens: wie war das mit den gelben Schuhen in der Erzählung des Barons?
Spiegelstrich: drittens: läßt sich aus dem AußerSeiendenSein Gottes zwangsläufig eine Existenz einer menschlichen Seele ableiten? und (Frage drei A): läßt sich aus der Existenz der menschlichen Seele herleiten, daß diese unsterblich ist? (Das Zahnweh

des Posaunenwarts von Wewelsfleth hat ja auch mit des Posaunenwarts Aufhören aufgehört. Oder nicht?)
Spiegelstrich: viertens: warum heißt Kaiser Ferdinand »der Kaiser im Korbe«? Nein. Diese Frage ist oben bereits beantwortet.
Spiegelstrich: fünftens: gibt es einen Kenning für das Nichts? (»Grundlage des mit sich selber axiomatisch Identischen«? »Bockmist des Weltalls«? »Mutterland des Undeutbaren«?)
Spiegelstrich: sechstens: warum heißt Spiegelstrich »Spiegelstrich«?

*

Spiegelstrich: siebtens: wer ist der Täter?

*

In gleichem Maß, wie St.-Gefion-Eiland erweichte (sich erweichte? erweicht wurde?), hatte sich offenbar das Meer verhärtet. Die Metamorphose war mir völlig entgangen. Auch einem Gott entgeht manchmal etwas, besonders wenn dieser Gott nur der Gott der gelbbeschuhten Philharmonischen Orchester ist und nicht der der Heerscharen. Es verhärtete sich zuletzt so stark, daß es begehbar wurde, gleichzeitig zerrann mein geliebtes St.-Gefion-Eiland. Ein jämmerlicher Anblick. Es zerweichschrumpfte in sich zusammen, tropfwässerig, ganze Eisklumpen in der Größe von Nôtre-Dame-Türmen (wieso komme ich grad auf Nôtre-Dame-Türme als Größenvergleich? Ach so, ja, ich weiß, ich erinnere mich –) lösten sich von oben, pflopften in den Glaswasser-Brei … unschön, zuletzt alles nur noch gelbliches Wasser. Auch Baron v. Gnalkow dürfte damit geschmolzen sein –

– natürlich Eis, auf dem wir gingen. Eis, soweit unser Auge, wie man so sagt, blicken konnte. Hartes, körniges Eis. Nur dort hinten nicht, Viktor Neßler ging an den Rand des Eises (»Vorsicht! Wir brauchen Sie noch!«) und schaute nachdenklich in das große Loch, die einzige Unterbrechung der weithinreichenden Eisfläche, in der das Wasser der zu diesem gewordenen Insel St. Gefion schwappte.

Wäre das Meer schneller zu Eis geworden als die Insel und deren Felsen zu Wasser, so wäre der Bergassessor, als er sprang, ohne Zweifel zerschellt. Man bedenke: immerhin an die 1200 Meter sprang er! Aber zu seinem und unserem Glück war es so, daß sich die Metamorphose wechselseitig vollzog. Als der Bergassessor von seinem, zu Puddingkonsistenz gewordenen Horn ins Meer sprang, war dieses zu ebensolcher leicht steifer Puddingkonsistenz geronnen. Gummiartig. Es lüpfte ihn wieder an die tausend Meter nach oben, wirbelte ihn herum, er leuchtete in der im Augenblick aufleuchtenden Mitternachtssonne wie ein Feuerrad, fiel wieder hinunter, sprang neuerdings in die Höhe, nur noch 900 Meter, kam etwas schräg auf, Einfallswinkel ist gleich Ausfallswinkel, wir sahen ihn weit nach hinten in eine ockergelbe Dunkelheit verschwinden, dort scheint er aber gegen eine leichte Erhebung geprallt zu sein, die seinen Prallwinkel wieder veränderte, er kam zurück, sprang nur noch hundert Meter, dumpfte immer schneller, immer niedriger, kam endlich zur Ruhe und ächzte: »Wunder des Seins.«

*

Bin ich dann überhaupt noch Gott Kadon oder Caedhon oder wie? Wenn es meine Insel gar nicht mehr gibt?
Eher Wurm Kadon. Der Eiswurm Kadon. Der Sommer ist vorbei. Dieser eine Strahl, der den Gummiball Bergassessor für einen Augenblick golden beleuchtet hat, das war der Sommer gewesen.
»Wir müssen nach Nordsüden gehen«, sagte Viktor Neßler, »wenn wir auch nur einige Aussicht auf Rettung haben wollen.«
»Im Gegenteil«, sagte ich, »wenn wir nach Nordsüden gehen, wird es wärmer, das Eis schmilzt, und wir ersaufen. Wir müssen es in Kauf nehmen, in die

Kälte zu gehen, dafür auf festem Boden, also Eis. Das heißt, wir müssen nach Südnorden gehen.«
Alles flach, soweit das Auge reicht, nur unbedeutende Erhebungen, nur Rinnen, bucklige Falten, nicht nennenswert. Der Wind pfeift darüber. Der Horizont schmutzigbraun wie ein Abtritt von Dämonen. Langgezogene weißliche Nebel fahren kreuz und quer über das Eis. Zum Glück hatte der seinerzeit staunenswerte Erfolg der »Mühle im Wisperthale« den Komponisten Wilhelm Freudenberg in den Stand gesetzt, vier Pelz-Polar-Ausrüstungen anzuschaffen. Wir sahen aus wie ungeschickt ausgestopfte Eisbären und stapften los.
»Hier irgendwo«, sagte Viktor Neßler, »muß das Grab des Ewigen Juden sein.«
»Wieso Grab?« fragte der Bergassessor, »ich denke, der Ewige Jude stirbt nicht? Wieso dann Grab?«
»Er sitzt lebendig in seinem Grab«, sagte Viktor Neßler, »aber heute erreichen wir die Stelle sowieso nicht mehr.«
Wir hockten uns so flach wie möglich hin, drängten uns dicht aneinander, steckten die Köpfe zusammen, daß keine wärmende Atemluft verlorenging, rammten unsere Eispickel in den Boden, vertäuten uns, denn dann kam der Winterwind.
»Vier bis sechs Wochen«, sagte Viktor Neßler.
Eine große Luftfaust aus brauner Schwärze fuhr über uns weg und hüllte uns in weißen Dreck.

»Gehab dich wohl«, sang Viktor Neßler, »es wär' zu schön gewesen –«
»– gehab dich wohl«, stimmten wir ein, »es hat nicht sollen sein.« Die wohl schönste jemals aus Komponisteninspiration entstandene Melodie, um nicht gar zu sagen Melodei (Melodey!!), aus Neßlers unauslotbarem Meisterwerk: »Der Trompeter von Ofterdingen«.

*

Nach sechs Wochen tauten wir auf. Wir waren aneinandergefroren gewesen; am unangenehmsten war es für Neßler und Freudenberg, für die beiden Theologen: an den Nasen aneinandergefroren. Wir hatten uns ja zu einer Kugel zusammengeklammert, um die Körperwärme, die einzige Energiequelle, möglichst zu erhalten, die Köpfe also nach innen – wir vereisten außen, bildeten eine Eis-Schneekugel. Daß uns der mit Hunderten von Stundenkilometern über die Ebene fegende Wind in alle möglichen Richtungen rollte, merkten wir gar nicht so recht. Wir unterhielten uns, sofern wir nicht schliefen, über den *Sinn*.
»Im Sinn blüht das Leben«, sagte der Bergassessor, zum Beispiel.
»Blüt-Sinn«, antwortete Freudenberg.
Und so fort.
Um es gleich zu sagen: Wir fanden den Sinn nicht.

*

Eine blau-grüne, türkisfarbene Sonne ging auf. Sie rollte den Horizont entlang. Ein herrliches Bild. Nachdem wir uns voneinander gelöst hatten, wir, wenn man so sagen kann, voneinander losgetaut waren, reckten wir unsere Glieder. Der Bergassessor trat hinaus – ein herrliches Bild ... Wohin trat er hinaus? Aus unserem Kreis (unserer nun aufgelösten Kugel) trat er hinaus, stand da, in glänzendes Fell gekleidet, blickte mit dem ganzen Ernst dessen, der den Urgrund des traurigen Seins in seiner Seele verschlossen hält, über die nun in türkisfarbenem Licht schimmernde, unendlich weite, unendlich flache Eisebene hinweg und stimmte einen Hymnus der goldenen Stille an.
Es folgt dieser Hymnus:

»Aus jeder Rille
quillt Stille.«

Da ertönte eine heisere Stimme aus der Tiefe: »Aufhören! Ich halte das nicht mehr länger aus.«

*

Mich drängt es, die eine Frage zu beantworten – weil ich, Gott Kadon, eben gesagt habe: »... der Urgrund des traurigen Seins in seiner Seele verschlossen ...«

Ich, als Gott, wenngleich nur windiger Gott Kadon, an den niemand glaubt, an den mit Recht niemand glaubt, an den man so wenig glauben sollte wie an den bärtigen Herrn der Heerscharen, der – der Gott Kadon – nur insofern Gott ist, als auf diesem elenden Papier genau das geschieht, was ich will, und nichts anderes, ich, also, als nichtswürdiger Papiergott, behaupte, daß die menschliche Seele ihre Existenz nur der Tatsache verdankt, daß alles und jedes dazu neigt, im Lauf seiner Entwicklung komplizierter zu werden. Das kommt davon, daß alles, was komplizierter geworden ist, gleichzeitig und offenbar notwendigerweise die Fähigkeit erworben hat, das bereits Komplizierte noch mehr zu komplizieren, und zwar immer schneller. Denken Sie an das Banken- und Börsenwesen. Da schoben noch im zwölften Jahrhundert die Wechsler die Taler auf ihrem *banco* hin und her und rechneten ein wenig mit den Fingern und, wenn es hochkam, mit einem Abacus. Und heute? Avalkredit und Unterpari-Emission, und es wird mit der Spekulation der Spekulationen spekuliert. Oder die Eisenbahnfahrpläne …

Ein besonders schönes Beispiel für die eigengesetzliche Verkomplizierung anfänglich einfacher Sachverhalte bietet die Geschichte jenes Mannes, der um die Zeit des Kaisers Tiberius in einem entfernten Winkel des Reiches auftrat und seltsame Dinge predigte: daß es nur Einen Gott gibt, daß dieser Gott gut und freundlich ist und nicht durch Opfer gnädig gestimmt werden muß, daß es nichts hilft, wenn man hirnlos die Riten erfüllt, sondern daß man an den gütigen Gott glauben muß und im übrigen ein anständiger Mensch sein soll. Das ist der Ritenkongregation aufgefallen – die verwaltet die Riten, eben jene Riten, die der barfuß herumpredigende Rabbi für überflüssig erklärt hat –, und die Inquisition hat ihn ziemlich bald beim Kopf gepackt und gekreuzigt. Aus.

Nein, nicht aus. Noch nie hatte eine Inquisition oder eine Ritenkongregation recht. Da gab es welche, die –

– ja, nein, ich habe vergessen: jener Rabbi war fest davon überzeugt und hat den Leuten in seinen Predigten richtig eingeheizt damit, daß die Welt demnächst untergehen wird. Die Jüngeren von euch, die da herumstehen, werden es noch erleben! sagte er.

– Wenn man bedenkt, daß es das ganze Universum immer nur für jenen Bruchteil eines Bruchteils einer Sekunde, jenes Zeitatom lang, das das *Jetzt* ist, wirklich gibt, was war, ist nicht mehr, was (vielleicht) kommt, ist noch nicht – was erlaubt uns die Frechheit anzunehmen, das *Sein*, jenes Sein an sich, platze nicht im nächsten Moment? Und wir haben nicht einmal Zeit, es zu bemerken?

– aber hat sich geirrt. Die Welt ist nicht untergegangen. Trotzdem hat es ein paar Leute gegeben ...

– der Wahrheit die Ehre geben: Er war schon ein eiskalter Zelot, dieser Rabbi, rigoros und humorlos. Er

hat zwar gepredigt: »Liebe deine Feinde!«, aber wehe, wenn einer anders gedacht hat als er, Sadduzäer und Pharisäer und Johannesjünger (war selber einer von ihnen gewesen, früher, *die schärfsten Kritiker der Elche waren früher selber welche)*, dann aber hat er Gift und Galle gespuckt, und wie er seine Mutter behandelt hat! Und seine Gleichnisse: weil der, nota bene! zufällig von der Straße hereingeholte Hochzeitsgast keinen Smoking angehabt hat, ist der gleich in die hinterste Finsternis geworfen worden.
Trotzdem: Hut ab vor der Lehre des Rabbi insgesamt und alles in allem genommen. Die paar Abstriche verträgt sie schon, und daß der Rabbi nicht ganz vollkommen war ... wer ist das schon. Und vielleicht war die Mutter eine unerträgliche Krätze (»Meersternichdichgrüße«) – nur weil sie eine Mutter ist, muß sie noch lang nicht, und so weiter.
Also: Hut ab.
Da hat es also ein paar Leute gegeben, meist Frauen vermutlich, die sind mit dem Rabbi herumgepilgert und haben ab und zu aufgeschrieben, was er so alles gesagt hat. »Logienquelle«.
Wenn, gesetzt den Fall, wenn der Rabbi nicht gekreuzigt worden wäre (es hat ja Hunderte solcher Rabbiner gegeben damals in Palästina), wenn nicht dieser empörende Justizmord, diese horrende Inquisitions- und Ritenkongregations-Untat gewesen wäre, wenn der Rabbi nur so weitergepredigt hätte, jahre-, jahrzehntelang, ob da nicht die Leute ermüdet wären?

andere Rabbiner nachgekommen, Interesse auf sich gezogen? endlich jener Rabbi mit seiner abgestandenen Predigt allein, barfuß und alt dagestanden wäre? Insofern tatsächlich: sich für seine Lehre am Kreuz geopfert.
Die Lehre festgenagelt. Die »Logienquelle«.
Aber! Ja –
– die türkisblaue Sonne rollt immer noch langsam am Horizont entlang. Der Bergassessor singt immer noch seinen Hymnus an die Stille. Für einen Hymnus an die Stille brüllt er für meine Begriffe zu stark.
– ja, also die Leute, die das aufgeschrieben haben. Es werden immer mehr, die sich dafür interessieren, aber immer weniger, die ihn noch gekannt haben. Und wer ihn noch gekannt hat –
– ich habe Cecilia Bartoli neulich als »Norma« gehört; ganz gut, aber gegen die Callas …
– die Callas war sicher ein Phänomen, aber ich, ich habe noch Maria Ivogün gehört! Da verblaßt die Callas …
– Maria Ivogün – meldet sich eine zittrige Stimme von hinten – war eine hervorragende Sängerin, aber wer Anny Schlemmer-Ambros nicht gehört hat, 1862 als Leonore, der weiß nicht, was ein dramatischer Sopran ist.
Zum Glück sitzt keiner mehr da, der noch Giulia Grisi als »Sonnambula« gehört hat, sonst –
Je seltener die Zeitzeugen, setzen wir das besser in

Anführungszeichen, die »Zeitzeugen« werden, desto wunderbarer werden die Dinge in der Zeit, für die sie zeugen. Wenn Jesus, jener Rabbi, nur ein Zehntel der Wunder getan hätte, die ihm nach und nach angedichtet wurden, dann hätte die Welt davon widergehallt. Hat sie nicht. Nichts davon im Plinius, nicht einmal im Flavius Josephus.
Ein Problem war dann, als der letzte von denen gestorben war, von denen Jesus gesagt hat: »ihr werdet's noch erleben, ...«, daß die Welt nicht untergegangen war.
»Sie vereinfachen die Sache«, sagte Viktor Neßler grämlich, »schließlich habe *ich* Theologie studiert und nicht Sie.«
Ich weiß, ich weiß, sagte ich, das Problem Judenchristen und Heidenchristen, die jüdische Messiaserwartung – aber auf das alles will ich nicht hinaus. Ich will auf die sozusagen naturnotwendige Verkomplizierung der Sache hinaus. Die Wunder – und dann ist einer drauf gekommen, daß das mit der Isis und dem jungfräulich empfangenen Osirisknaben doch ziemlich erfolgreich war ... und die Auferstehung ...
– so haben ein paar Dutzend so fünfzig bis hundert Jahre nach der schrecklichen Hinrichtung jenes Rabbi das Ganze aufzuschreiben begonnen und allerhand eingearbeitet, je nachdem, Perlen und Müll. Man kann sich ja vorstellen, was da alles zusammenkommt, wenn hundert Jahre lang tausend Leute aus dem Gedächtnis erzählen.

Es wäre alles gutgegangen, wenn der fromme Rabbi Jesus, der Menschensohn, Menschensohn geblieben wäre.
»Wer?« sagte Neßler, »Mendelssohn?«
»Nicht Mendelssohn, Menschensohn!«
Diese ewigen Kalauer. Aber was ist dagegen zu machen. Die Welt besteht aus Kalauern. Kalau ist der Mittelpunkt der Welt. In Kalau treffen sich die Leitlinien aller Politik und Geschichte. Kalau ist der Baustein der Welt – siehe da, von den Bauleuten verworfen und von Herrn Kadon oder Chathon zum Eckstein des Weltbauwerkes gemacht. Ist es jener Stahlstein Kawe, der mit einem Eck aus dem Geröll der Insel St. Gefion geragt hat? Er ist nicht mit der Insel geschmolzen, denn wir haben ihn im schmutzig-trüben Wasser schwimmen sehen. Wie kann ein so schwerer Stahlstein schwimmen? Ganz einfach: Er ist hohl. Kawe. Jetzt begreife ich den Sinn: K-W. Kalau-Welt.
»Ännchen von Kalau ist's, die mir gefällt«, sang Viktor Neßler. Auch eine Arie aus seiner Meisteroper »Der Bergassessor von Ofterdingen«.

*

Geburt von einer Jungfrau, Wundertaten und Auferstehung. Man durfte sich vor der Konkurrenz (Isis, Mithras, Zeus, Zoroaster) nicht lumpen las-

sen. Also: Rabbi Gott. Gott-Rabbi. Jesus ist gleich Gott.
Ja aber – hat er nicht gepredigt, daß es nur Einen Gott gibt? Schon, aber – also: der eine Gott ist der Vater im Himmel, der mit dem Vollbart. Und Jesus – hat er doch immer gesagt: Mendelssohn, nein, Blödsinn, Menschensohn. Heißt das nicht soviel wie Gottessohn? (»Gottes Kinder sind wir alle! lieber Freund!!« »Reden Sie nicht immer dazwischen.«) – soviel wie »Gott Sohn«?
Also zwei Götter. Unschön. Drei Götter wären weniger als zwei. Nach nur wenigem Suchen fand man's: hat er doch oft vom Geist Gottes gesprochen, vom Heiligen Geist. Zwar, wie gesagt, drei Götter sind in dem Fall weniger als zwei, weil das nicht so scharf dem Monotheismus widerspricht, aber einfacher geworden ist die Sache dadurch nicht. Vor allem: Hat Jesus gegessen? Ja. Getrunken? Auch. Sogar Alkohol. Sauber. Also doch kein Gott. Doch Gott, aber *auch* Mensch. Hatte er *einen* Willen? Nein, *eine* Natur. Nicht doch zwei Naturen? Auch zwei Willen. Gottähnlich. Nein. Gottgleich.
»Wenn du nicht daran glaubst, und zwar sofort, daß Jesus gottgleich ist und nur einen Willen hat, dann hast du in einer Minute die Nase hinten!«
Und so fort. Jeder Versuch also, den leichtfertig geknüpften Knoten aufzudröseln, bringt neue, noch schlimmere Verhedderung. Eine Komplikation erzeugte die nächste, und inzwischen muß man vier-

zehn oder wieviel Semester lang studieren, um den Äquiprobabilianismus zu durchschauen.
»Den was?« fragte der Bergassessor.
»Den Äquiprobabilianismus.«
»Äquiprobabilianismus heißt«, sagte Wilhelm Freudenberg, der ja Theologie studiert hatte, »daß man eigentlich nicht darf, aber ein wenig eigentlich doch schon.«
»Das verstehe ich nicht«, jammerte der Bergassessor.
»Eben.«

*

Nur ein Beispiel. Alles wird immer komplizierter. Da sind im suppigen Weltmeer vor Jahrmillionen immerhin schon so Mehrzeller herumgedümpelt, waren ausschließlich damit beschäftigt, zu fressen und sich fortzupflanzen. Eins hatte eine schadhafte Stelle, krankhaft lichtempfindlich: diese Komplikation setzte dieses Vieh oder den Weltgeist oder wen immer sofort in den Stand, die Komplikation zu komplizieren. Und heute haben wir das Auge. Und die Brille. Und das Hirn.
Ist das Hirn eine Folge immer rascher einherhüpfender Verkomplizierungen? »Ich denke, also bin ich«, ist schön und gut, entscheidend aber ist: »Ich denke, also denke ich.«

Ist das menschliche Gehirn im Laufe der galoppierenden Verkomplizierung so kompliziert geworden, daß es weiß, daß es denkt?
Dann wäre der Geist und die Seele nur ein gradueller, ein quantitativer Unterschied zur nächstniedrigen Stufe.
Wenn aber –
»Sindwirnichtgeplagtewesen? istnichtunserlosbetrübt«, sang der Bergassessor und schaute in die türkisfarbene, den Horizont entlangrollende Sonne.
»Was für eine schöne Seele«, sagte Freudenberg, »und Sie, Kadon, sind nahe daran, die Seele zu leugnen.«
»Gehab dich wohl, es wär' zu schön gewesen«, spielte Viktor (ich sage: Viktor, wir waren inzwischen per du) auf der Mundharmonika.
Die Seele *ist gleich* nur die vorerst unbegreifliche Komplexität der Neuronenverbindungen und der Geschwindigkeit der chemischen Vorgänge dort.
»Mit dem klinischen Exitus also: Sense?« so Freudenberg.
»*Ich habe*«, wimmerte der Bergassessor, »*kraft meines Geistes einen Anspruch auf ein Fortbestehen meines Bewußtseins nach dem Tod*. Oder so ähnlich. Goethe!«
»Gehab dich wohl, es hat nicht sollen sein.« Viktor setzte seine Mundharmonika ab und fuhr in einem Rezitativ fort: »Wer kriegt schon, worauf er Anspruch hat.«
»Zu haben glaubt«, sagte Freudenberg.
»Ohjeohje«, sagte der Bergassessor.

Die Sonne verschwand. Eine Lichtorgel fingerte kurz über der Stelle, wo sie untergegangen war, dann war es wieder schwarze Nacht.
Oh Lorna Finferli, oh Lorna, du schönhüftige! Der Messerwind hat die Kleider von deinem türkisblauen Körperleib geschält - welche Gnade. Ich durfte die schönsten Hüften schauen, die je Hüften genannt wurden, unbedeckt, unverhüllt, türkisblau leuchtend, wenn auch nur für Sekunden. Oh schönhüftige Lorna, oh Frau Finferli mit den unnennbaren Schönhüften - bitte, Viktor, singe dein schönstes Lied! singe den nie gehörten, von Erde zum Himmel tönenden Hymnus auf die Hüften der Lorna Finferli. Der Text sollte lauten: ihr königlichen Hüften, ihr kaiserlichen Hüften ...
»Ihr kaiserlich-königlichen Hüften«, sagte Freudenberg kalt.
»Ihr k. u. k. privilegierten Hüften«, sagte Viktor und legte seine Mundharmonika weg.

*

Also keine Seele. Warum aber verknüpft man gemeinhin die Existenz einer menschlichen, ewigen Seele mit der Existenz Gottes? Ist da eine Notwendigkeit zu sehen?
Spielen wir den Fall durch: Gott existiert, das heißt - ich will jetzt nicht alles das wiederkauen, was ich

oben gesagt habe –, das heißt, er existiert in der Außerexistenz, und der Mensch hat eine Seele, die zwangsläufig der Innerexistenz-Sphäre angehören muß – was sollte Gott dann mit dieser Seele anfangen? oder die Seele mit Gott? Oder es existiert eine menschliche Seele, die fortlebt nach dem Tode, und einen Gott gibt es überhaupt nicht (das Sein ist und damit basta), was macht die heimatlose Seele dann? Oder Gott existiert und existiert vielleicht kraft seiner Außerexistenz auch in der Innerexistenz, aber eine ewige Seele gibt es nicht, kümmert das Gott?
Ein Gestrüpp. Sie sehen, wie schon allein so was kompliziert und komplizierter wird, wenn man darüber nachdenkt.
Der Gong zum Dinner ertönt. Captains-Dinner heute. Die alten Schildkröten, die mit Cartier behängten, werden sich wieder um den Kapitänstisch drängen. Der Kapitän hat aber Lorna Finferli zu sich an den Tisch gebeten. Ich habe noch kein einziges Wort mit Frau Finferli gesprochen.
Der Gong – ich schreibe noch schnell den Satz in mein Notizbuch:

»Gott = der Nichtseiend Seinschaffende.«
und
»Gott und Seele. Zwei Paar Stiefel.«

*

Er wollte den Tod erzwingen. »Das Leben ohne Tod ist sinnlos«, sagte er aus seinem Schneeloch heraus. »Ich hatte ja tausend Jahre und nochmals neunhundert Jahre für die *Sinnsuche*.«

»Sinnsuche!« rief der Bergassessor schwärmerisch.

Wir hockten um das Loch herum, das ungefähr acht bis zehn Meter tief war. Unten hockte er. Der vier oder sechs Wochen (oder Monate?) andauernde Sturm hatte uns – Zufall? Laune des Weltgeistes? Sinn-Find-Schicksal? – direkt vor das Loch des Ahasver geweht oder gerollt, gerollweht.

Zwischenbemerkung und Antwort auf die Frage, wie der endgültig-schlüssige Kenning für das Nicht-Sein lautet: »Der Sinn des Find« –? Ende der Zwischenbemerkung.

»Ich habe den Sinn des Lebens gefunden. Ich, Ahasver, sage euch aus eigener Erfahrung: Ohne Tod ist das Leben sinnlos.«

»Wie das aber?« fragte Viktor.

»Weil etwas, das kein Ende hat, wertlos ist.«

»Nicht ganz verständlich«, sagte Freudenberg.

»Wenn Sie«, sagte Ahasver, »eintausendundneunhundertundetliche Jahre auf dem Globus herumtigern und nur warten, daß die Zeit vergeht, werden Sie wissen, was ich meine.«

»Na ja«, sagte ich.

»Unser Kollege Rudolf Wurmb«, sagte Viktor, »hat eine Oper ›Ahasver‹ geschrieben. Man müßte den Klavierauszug beiziehen.«

*

Da saß also Frau Lorna Finferli, die purpurne Sonne, am Tisch des Kapitäns. In Schwarz gekleidet, Netzartiges über nackter Haut, die Schultern bloß. Was für Schultern! um nicht zu sagen: *welch'* Schultern! Schultern wie purpurne Sonnen, Schultern wie das von der untergehenden und damit naturgemäß purpurnen Sonne angestrahlte Ewige Eis der kalten, ja kältestarrenden Wildnis, die, im letzten schwarzen Polarlicht, durch die Panoramascheibe des Speisesaals zu sehen war.

Da saß Frau Lorna Finferli am Tisch des Kapitäns. Niemand ahnte, wie bald wir mit jener Wildnis, vor der wir uns hinter dieser Panoramascheibe als geschützt wähnten, in trügerischer Sicherheit wiegten, also, wie bald wir mit den Nasen an diese harte Kälte gestoßen werden würden. 18 von uns, darunter die nur von Netzartigem bedeckte Lorna Finferli. Die anderen 782, einschließlich jener Schreckschraube, ich glaube, sie hieß Sonnekalb, und eines nahezu unerträglich geschwätzigen Rechtsanwalts aus Hamburg (der außerdem immer schmutzige Fingernägel hatte) namens Eyring, die beide leider an meinem Tisch saßen, spülte das das Bersten des Schiffes überwachende Naturgesetz ins Meer.

Frau Schreckschraube Sonnekalb beschwerte sich darüber, obwohl das keinen Menschen interessierte, daß ständig »diese schamlose Finferli« (so wörtlich) am Kapitänstisch sitze, sie aber nie. Herr Eyring oder Dr. Eyring, ich weiß es nicht genau, redete über den Antisemitismus. Es war nicht ganz klar, ob er dafür oder dagegen war, jedenfalls aber hatte er die Gabe, gleichzeitig essen und reden zu können, sogar beim Trinken redete er. Beim Nachtisch – es gab Pfirsich-Melba – ging Eyring oder Dr. Eyring vom Antisemitismus zur »Reflexiven Letztbegründung« über. Ich verstand zunächst »*Letztbegrünung*« und glaubte, er rede über Grabpflege, aber er giftete mich an und pfiff während des Kauens: »-begründung, nicht -begrünung.« Nach Eyring gehört die Letztbegründung zur Transzendentalpragmatik. Als Herr Eyring oder Dr. Eyring sich – er aß dabei noch die zwei Pfirsich-Melba, die der Steward vom Nebentisch als stehengelassen abräumen wollte – über die »Unübergehbarkeit der Argumentationssituation« zu verbreiten begann, ging ich in den Rauchsalon. Ich bin, dachte ich mir, nicht eigentlich ein Opfer der Tücke des Objektes, vielmehr ein Opfer der Tücke verschiedener Subjekte.

Im Rauchsalon führte, wie immer, der Baron v. Gnalkow das große Wort. Er hatte die Pfirsich-Melba abgelehnt und sich statt dessen eine Käseplatte bestellt, die er dann mit in den Rauchsalon nahm. Die Käseplatte bestand aus einem Teller mit einem faustgroßen Stück Edamer. Der Baron drehte den Teller ostentativ mehrmals um 360 Grad, tat so, als

hoffe er, daß der Edamer von einem anderen Blickwinkel aus appetitlicher aussehen möge.
»Ich habe mir die Menage auf dieser sogenannten Luxuskreuzfahrt auch anders vorgestellt«, sagte er dann, zog sein Schweizer Armeemesser aus der Tasche und begann, aus dem Käsestück etwas zu schnitzen. Es war nicht zu erkennen, was es sein sollte.
Dem Dauerschwätzer Eyring oder Dr. Eyring kam er deswegen nicht ins Gehege, weil der den Rauch nicht vertrug und seinen Dauersenf daher im sogenannten Damensalon verzapfte, wo Rauchen nicht gestattet war.
»Meine Heimat, das Baltikum, war voll von Schnurren und Geschichten«, pflegte der Baron zu beginnen.
»Schmerzt es Sie nicht, Baron, wenn Sie an Ihre schöne, verlorene Heimat denken?« fragte jene alte Schreckschraube, die sich beschwert hatte, daß Lorna Finferli, die Sternäugige, statt ihrer (der Schildkrötenäugigen) am Kapitänstisch sitzen durfte. Lorna Finferli saß übrigens nie im Rauchsalon, auch im sogenannten Damensalon nicht. Wo sie sich, außer bei den Mahlzeiten, aufhielt, war jedenfalls mir rätselhaft.
»Was heißt: schöne Heimat. Es gibt auf der ganzen Welt nichts Beschisseneres als das Baltikum. Flach wie ein Kuhfladen und ungefähr vom gleichen Geruch. Bewohnt von Knorwenzen und Laschuken

und Zwojätschen und Salzulen. Schlichte Menschen, milde gesagt, ›schlicht wie Läuse‹, um den Balten Gustav v. Meyrink zu zitieren, der es ja wissen mußte. Der Schnaps: grauenvoll. Gab doch einmal der Trottel von unserem Stallknecht, natürlich ein Knorwenze oder so was, irrtümlich dem Lieblingsbrachen meines Vaters einen halben Liter Schnaps zu trinken. Das blöde Vieh trank ihn. Fielen ihm danach die Ohren ab. *Das* ist das Baltikum. Ich bitte Sie, *schöne* Heimat! Wenn ich nichts in meinem Leben verloren hätte als die Heimat, dann wäre ich glücklich.«
»Und was passierte dann?« fragte ich.
»Wann: dann?«
»Nachdem dem Lieblingsbrachen Ihres Vaters die Ohren abgefallen waren?«
»Was soll schon geschehen sein. Der Hund bekam noch einen halben Liter Schnaps, und dann krepierte er. Dem Stallknecht ließ er von den anderen Stallknechten – diese Gaudi war für jene gleichzeitig die Weihnachtsgratifikation – die Zehen nach oben biegen. Die übliche Strafe fürs Gesinde im Baltikum.«
»Es war also grad Weihnachten«, stellte die Schildkrötenäugige fest, stolz auf ihren Scharfsinn.
»Ja. In dem Jahr, als Ahasver zu uns kam.«
»Was Sie nicht sagen!«

*

Als Klein-Gott Kadon kann ich mir ja den einen oder anderen Gedanken über jenen Herrn der Berittenen Artillerie machen, diesem tückischen Großapachen. Ich kann das um so mehr, als er selber nie behauptet hat, er sei der einzige. Monotheismus? Daß ich nicht lache auf meinem Gefionshorn. Ich sage nur: *Deuteronomium* 5,9: »Du sollst dich nicht vor anderen Göttern niederwerfen ...« Das heißt doch, daß es andere Götter gibt. (Vor mir, Gott oder besser Klein-Gott, um nicht zu sagen Nebenerwerbs-Gott Kadon, braucht ihr euch ohnedies nicht niederzuwerfen. Geschenkt.) *Deuteronomium* 6,14: »Ihr sollt nicht anderen Göttern nachfolgen, keinem Gott eines Volkes, das in eurer Nachbarschaft wohnt.« Und warum nicht? vielleicht, weil es diese anderen Götter gar nicht gibt? Mitnichten, denn »der Herr, dein Gott, ist als eifersüchtiger Gott in deiner Mitte«. Warum sollte er auf Götter eifersüchtig sein, die es gar nicht gibt? *Josua* 22,22: »Der Gott der Götter Jahwe ...« Kann man es ausdrücklicher sagen? Doch, *Josua* 24,2: »Jenseits des Stromes wohnten eure Väter von Urzeiten an, Terach, der Vater Abrahams und der Vater Nahors, und dienten anderen Göttern. Da holte ich euren Vater Abraham von jenseits des Stromes ...« Aber am deutlichsten *Richter* 11,23, in der die grauenvolle Geschichte von der Tochter des Jephtha erzählt wird: »Ist es nicht so: Wen Kemosch, dein Gott« (das ist: der Gott der Amoriten) »vertreibt, dessen Besitz nimmst du, und wen immer der

Herr, unser« (das ist: der Israeliten) »Gott vertreibt, dessen Besitz nehmen wir.« Es handelt sich also bei dem gegenseitigen Völkerabschlachten auf dem Felde, wo der Mann noch was wert ist und wo das Herz noch gewogen wird, um Kämpfe zwischen verschiedenen Göttern. Götter lassen stellvertretend kämpfen. Herunten. Schauen aus den Wolken zu, die Herren der Felddivisionen. Klar, daß derjenige stärker ist, der mehr hat, die an ihn glauben.
Da lobe ich mir den alten Markion. Den heiligen Markion, den wahrhaft heiligen Markion, den Einzig Heiligen Markion –
Das hätte Ihm, dem Herrn der Generalstäbe, so gepaßt, wenn seine stellvertretenden Haudegen und Raufbolde die Haudegen und Raufbolde aller anderen Götter in den Staub geworfen hätten: »Vor Ihm werfen sich alle Götter nieder.« Und: »Denn du, Herr, bist der höchste über der ganzen Erde, hoch erhaben über alle Götter.« *Psalm 97*. Schneckenarsch mit Rollen dran, wie meine Mutter das flachdeutsche »Denkste« zu übersetzen pflegte. Ist Ihm nicht gelungen.
Was hat Markion gesagt?

*

»Sie wissen natürlich nicht, was Markion gesagt hat«, sagte der kleine Herr mit dem Spitzbart zu mir;

wir saßen spätabends im schon erwähnten Damensalon, nur noch wir zwei, »freilich, kaum jemand weiß das noch. Markion, der in der ersten Hälfte des zweiten Jahrhunderts nach Christus gelehrt hat, hat gesagt: Jesus hat die Menschen vor allem von dem Gott des Alten Testaments erlöst.«
»Sie mögen das Alte Testament nicht?«
»Doch. Ein großartiges Werk der Weltliteratur. Eine herrliche, mitreißende Sammlung von Erzählungen und Gedanken. Wie die Edda. Wie das Nibelungenlied. Wie die Ilias und die Odyssee. Nicht genug zu bewundern.«
»Hm«, sagte ich.
»Wie bitte?«
»Fürchten Sie nicht, daß Ihnen diese Meinung als Antisemitismus ausgelegt wird?«
»Erstens bin ich Religionswissenschaftler und kein Rassekundling oder wie Ihre Väter das genannt haben, und zweitens heiß' ich Manasse Goldstern. Das dürfte genügen.«
Wir redeten dann noch über dies und jenes. Es wurde Mitternacht. Die Kälte draußen verdichtete sich zu schwarzem Brei, der gegen die Fenster drückte. Dennoch wähnten wir uns sicher.
»Ich bin *doch* Antisemit«, sagte Prof. Goldstern dann, als wir wieder auf das Thema kamen, »ich bin aber auch Antiarier. Ich mag keinen.«
Und zum Schluß, als wir die Zigarren zu Ende geraucht hatten und aufgestanden waren und uns

gute Nacht gewünscht hatten, sagte er noch: »Die Bibel, sowohl das Alte als auch das Neue Testament, ist vor allem und in erster Linie wörtlich zu nehmen.«

*

Gibt es nicht, frage ich Sie, die Quantenfluktuation des Vakuums? So frage ich, Gott Caedonck, Sie. Die Quantenfluktuation des Vakuums. Das ist eine Erkenntnis der theoretischen Physik, die ans Esoterische grenzt. Ist aber nicht esoterisch. Was ist esoterisch? Esoterisch ist das, was ein Esoteriker tut. Frau schildkrötenäugige Sonnekalb hat, daran zweifle ich nicht, einen Hang zur Esoterik, obwohl sie nicht Vegetarierin ist, obwohl das Gemansch, das sie mit dem Essen anstellt, schon ins Urschleimartige hinüberschillert. Was tut ein Esoteriker? Er wäscht sich nicht die Füße, brennt Räucherstäbchen ab und versteht das Karma oder die Weltseele. Er versenkt sich, es gelingt ihm, nichts zu denken, ohne zu schlafen. Dabei unterscheidet sich das, was er denkt, wenn er nicht denkt, wenig von dem, was er denkt, wenn er denkt. Oder sie. Sie schreiben auch gern: EsoterikerIn: das große, esoterische Mittel-I. Das gibt es natürlich auch anderswo. BürgerInnensteig.
Ich bin vom Thema abgekommen. Die Quantenfluktuation des Vakuums: Das heißt nicht mehr und

nicht weniger, als daß im Vakuum aus der Nicht-Existenz Materialteilchen ohne ersichtlichen Grund in die Existenz treten, allerdings nur kurz – wie soll man sagen: leben? nein, auch das wäre ein unangebrachter Anthropomorphismus, also: existieren, *wesen* – nur kurz wesen und dann wieder in die Nicht-Existenz zurücktauchen. Was ist das *Sein* an sich? Nicht die Materie, die Wellen und all dies, ich meine: das Phänomen des Seins an sich? Quantenfluktuation im Vakuum, nicht esoterisch, sondern experimentell nachgewiesen: Nicht-Sein-Sein-Nicht-mehr-Sein. Das Universum als Quantenfluktuation im Vakuum der Un-Existenz – diese winzigen Materialteilchen »leben« – wesen nur ganz kurze Zeit. Zeit ist auch Raum, und Raum ist Zeit, da beide keine Dinge sind, sondern nur Maße von Dingen. Größerer Raum ist gleich größere Zeit. Also geht die Quantenfluktuation der Teilchen, die die Planeten, die Sonnen, die Galaxien, die Galaxienhaufen, das wirbelnde Weltall bilden, entsprechend langsamer vor sich. Habe ich mich da einigermaßen klar ausgedrückt, Herr Bergassessor?

»Wirkommenindemengenkahngeschwindamhimmelsuferan.«

Es ist müßig, darüber zu spekulieren, ob das Universum damit endet, daß es sich über Gebühr ausdehnt und also platzt, oder ob es sich nach maximaler Ausdehnung wieder zusammenzieht, die ganze Materie ineinanderkracht und mit einem Endknall in sich

selber zurückschlüpft – es wird viel einfacher sein: Die Existenz wird aufhören, schlichtweg. Das Sein wird es nicht mehr geben. Können Sie sich vorstellen, daß Nichts mehr ist?
»Schwer«, sagte der Bergassessor.
Sie werden sehen, daß ich recht habe. Das heißt: Sie werden gar nichts sehen und niemand mehr irgend etwas, weil es nichts mehr gibt. Und das ist der Beweis für die Existenz Gottes.
»Wie bitte?« fragte der Bergassessor.
»Sie haben mir ja gar nicht zugehört.«
»Gelobtseiunsdieewgenachtgelobtderewgeschlummer«, sagte er.
»Na ja«, sagte ich, »so kann man es auch auffassen.«

*

»Das muß ja aufregend gewesen sein«, sagte Frau Schreckschraube Sonnekalb, »als Sie Ahasver begegnet sind, verehrter Baron.«
»Nichts weiter«, sagte Baron v. Gnalkow, »als daß er vom obersten Stockwerk des Schlosses springen wollte. ›Mein Gott‹, schrie meine Mutter, ›was machen Sie?!‹, da sie ihn sah, wie er außen am Geländer des Balkons hing, sich nur mehr mit einer Hand festhielt und, als er meine Mutter sah, seinen Schlapphut schwenkte. Dann ließ er sich fallen, fiel in den – seit Jahrzehnten trockenen – Schloßgraben, prallte gegen

einen Stein und sprang wieder hinauf, fast bis zum Balkon, fiel nochmals hinunter, zerquetschte dabei einen unserer senffarbenen Westland-Terriers – er hieß Gurnemanz, mein Vater war ja Wagnerianer –, purzelte auf die auch seit Jahrzehnten, wenn nicht Jahrhunderten nicht mehr betätigte Zugbrücke, wahrscheinlich war der Mechanismus längst eingerostet, kam auf die Füße zu stehen und sagte: ›Pardon, Baronin, aber ich versuche es eben immer wieder.‹ Aber er war ja, wie Sie wissen ... ja. Nur der Schlapphut lag unten im Graben. Den mußte dann ich heraufholen, bekam dafür einen goldenen Knopf vom Mantel Ahasvers. Etwas anderes, das als Belohnung geeignet gewesen wäre, hatte er nicht. Er bat dann um Entschuldigung wegen des Westland-Terriers, aber das wischte meine Mutter weg. Wir hatten ja noch fünfzehn andere.« Er brummte davon nach einer kleinen Pause: »Fünfzehn zuviel.«

»Jeder Hund«, sagte Freudenberg, »ist ein Hund zuviel.«

»Interessanter ist die Sache, die etwa gleichzeitig passierte. Die Sache mit den gelben Schuhen des Leutnants Rosenfeld. Das war ja alles noch lang vor dem Ersten Weltkrieg. Rosenfeld diente in Esseg beim 3. k. u. k. Korpsartillerie-Regiment ›Erzherzog Wilhelm‹ und hatte sich bis zum Wahnsinn in eine Schauspielerin, kann auch sein Sängerin, namens Mafalda Feucht verliebt. Nach ungeheuren Bemühungen, die den Rosenfeld vom Rand des Wahnsinns an den gegenüberliegenden Rand des finanziellen Ruins gebracht hatten, erlag die Feucht endlich den Werbungen Rosenbergs, und sie willigte ein, ihn zu heiraten. Nun war es aber damals so, daß, wenn ein aktiver Offizier ein Theatermensch heiraten wollte, verzeihen Sie den saloppen Ausdruck, ich hoffe, es ist niemand hier, der sich betroffen fühlen könnte, die ausdrückliche Zustimmung des Kaisers persönlich – bitte: persönlich! einzuholen war. Leutnant Rosenfeld nahm also Urlaub und fuhr, nachdem eine Audienz huldvollst genehmigt worden war, mit seiner Mafalda nach Wien, wo er aber am Abend vorher seinen alten Freund und Kameraden aus der Militärakademiezeit, den Leutnant Alois Trocken vom 3. böhmisch-galizischen Festungsartillerie-Regiment ›Fürst Kinsky‹, traf. Er leistete sich den Witz und stellte dem Kameraden seine Braut vor: ›Leutnant Trocken – Fräulein Feucht‹ ... es gab einen Knall von Emotionen, und noch vor dem Audienztermin war die Feucht mit dem Trocken durchgebrannt und ließ Rosenfeld vor seinem Verlängerten mit Schlagobers sitzen. Ja, nun, soweit so gut oder schlecht. Aber ein kleiner Leutnant kann ja nicht wohl zu seinem Kaiser sagen: Ich hab' mir's anders überlegt, ich brauche keine Audienz ... zum Glück hatte Rosenfeld in die Rubrik ›Audienz-Grund‹ bei seinem Gesuch nicht: ›Zustimmung zur Heirat mit einer Schauspielerin‹ geschrieben, sondern: ›Persönliche Bitte‹. Aber um was sollte Rosenfeld nun bitten? Er zermarterte sich förmlich das Hirn, sogar der Schmerz um den von ihm selber so leichtsinnig herbeigeführten Verlust der Feucht trat hinter den quälenden Gedanken zurück, und selbst als Rosenfeld durch die Tür in den Audienzsaal trat, wußte er noch nicht, worum er den Kaiser bitten solle. Der Kaiser trat ein. Rosenfeld salutierte und schmetterte vorschriftsmäßig: ›Leutnant Rosenfeld 3. k. u. k. Korpsartillerie-Regiment Erzherzog Wilhelm, zu Befehl!‹ Der Kaiser sagte: ›Brav, brav, und, um was bittest du?‹ Der Kaiser duzte alle Offiziere. – um was bitten? Dem Rosenfeld fiel nichts Blöderes ein als: ›Majestät – gelbe Schuhe.‹ ›So, so‹, sagte der Kaiser milde, ›gelbe Schuhe. Du möchtest gelbe Schuhe? Und warum?‹ Warum dem Leutnant ausgerechnet der heilige Petrus einfiel, konnte er nie erklären. Es drehte sich eben alles in seinem Hirn wie ein Glücksrad, und der Zeiger blieb auf ›hl. Petrus‹ stehen. ›Der hl. Petrus, Majestät, gehorsamst, ist mir im Traum erschienen und hat gesagt, ich solle Eure Majestät um gelbe Schuhe für die Offiziere des 3. k. u. k. Korpsartillerie-Regiments Erzherzog Wilhelm bitten.‹ Der bekanntermaßen äußerst abergläubische Kaiser Franz Joseph wich einen Schritt zurück und hauchte: ›Der heilige Petrus?‹ ›Der heilige Petrus, zu Befehl, Majestät.‹ So kam es, daß die Offiziere des k. u. k. Korpsartillerieregiments Erzherzog Wilhelm mit gelben Schuhen adjustiert wurden. Ächzend rang sich auf dringende Vorhaltungen des Kaisers dann auch der Inhaber des

Regiments, Seine kaiserlichkönigliche Hoheit Erzherzog Wilhelm, zu gelben Schuhen durch.«

»Ich verstehe aber immer noch nicht«, sagte die schildkrötenäugige Sonnekalb, »warum dann der Ewige Jude gelbe Schuhe getragen hat? Ich verstehe den Zusammenhang nicht.«

Der Baron sagte darauf nur: »Oh baltischer Herkules!«

*

Ich, Gott Kadon, kann es ja verstehen. Wenn ich so den weinerlichen Bergassessor herumschlurfen sehe und er schnipselt aus der riesigen Kuhhaut aller denkbaren literarischen Einfälle seinen »Trompeter von Ofterdingen« zusammen,

Derhimmelthutsichaufdieerdewirdduholdemirzumparadiesmariajanochsterbendwerdeichrufendeinennamensüßmariiiiiamariiiiia –

– die bedeutendste Oper der Musikgeschichte, überragt alles, der Chimborasso, der Mount Everest des Musiktheaters. Fünf Monate nach der Uraufführung schon tausend Aufführungen. Soll demnächst in Bayreuth statt des »Parsifal« gespielt werden, sollte überhaupt überall statt des »Parsifal« gespielt werden, sollte überhaupt generell anstatt aller Opern überall nur gespielt werden. »Das weiße Rössl von Ofterdingen«. Allenfalls noch die schon erwähnte Oper von

Wilhelm Freudenberg »Die Mühle vom Wisperthale«. Oder »Ahasver« von Rudolf (hieß er Rudolf?) Wurmb.

– O armer Wurmb, o du armer, unseliger Wurmb. In keinem Musiklexikon verzeichnet. Nicht im Riemann, nicht in der »Musik in Geschichte und Gegenwart«, nicht im »Grove's«, obwohl der fünfzehn oder wieviel Bände hat. Wurmb – untergegangen wie das Kreuzfahrt-Schiff MS »Gefion«. Ein untergegangener Komponist, gnadenlos vom Ruhmeskarussell ins Nichts hinausgeschleudert, wie der Hochzeitsgast, der keinen Smoking trug – *Matthäus 22,1-14* – eines der brutalsten Gleichnisse Jesu: Da läßt der Bräutigam, weil die eigentlich geladenen Gäste nicht kommen – sie werden wissen, warum, wie Figura dann zeigt –, auf der Straße irgendwelche Leute einfangen und zum Hochzeitsmahl hereinzerren. Nun gut, es scheint sich bei dem Bräutigam um einen Herrn zu handeln, der nicht zu den Ärmsten zählt. Und wenn man grad nichts Besseres zu tun hat, läßt man sich nicht ungern mit Hummer und Rehrücken bewirten, und ganz trocken wird das Zeug wohl auch nicht hinuntergewürgt werden müssen –

*

War vorzüglich, das Essen auf der MS »Gefion« (im großen und ganzen, bis auf den Edamer), was man bei einem Preis von 12.000 Mark pro Person aber im Grunde genommen erwarten darf. Die Schreckschraube Sonnekalb hatte eine Art Zange dabei, aus Silber, wohl Spezialanfertigung, mit der sie alles, was nicht Suppe und Soße war, zu Brei zermanschte. Tschagg – tschagg – tschagg ... Hummer und Rehrükken und alles. War nicht mehr in der Lage zu kauen, nicht mehr in der Lage, anderes als Gemanschtes zu schlucken. Tschagg – tschagg – tschagg – Hummer und Rehrücken und alles, und dann schlabberte sie mit dem Löffel den Brei in ihren faltigen und dennoch blutrot geschminkten Mund hinein.

*

Maul eigentlich.

*

Aber wieso, frage ich Jesus, durfte der Bräutigam erwarten, daß jeder, den er da zusammenfangen läßt, vorsichtshalber einen Smoking trägt? »Bindet ihm Hände und Füße und werft ihn hinaus in die Finsternis draußen: da wird Heulen und Zähneknirschen sein.« Nur, weil er nicht immer und überall einen Smoking anhat? Gut, gut, ich weiß, du willst sagen, Rabbi: Man muß ständig auf der Hut sein, denn es kann jeden Augenblick kommen, daß die Welt untergeht, das heißt, daß der Sohn in Herrlichkeit auf den Wolken daherkommt - bald wird es sein, hast du damals gemeint, und hast dich sogar dazu verstiegen - hättest du nicht sollen, hättest deiner Kirche (deiner Kirche?) viel inneren Ärger erspart -, zu behaupten, daß einige deiner Jünger die Sache noch erleben werden. (Willst du nachlesen? Bitte: *Matthäus 16,28.*) Ich verstehe also das Gleichnis: Bereit sein ist alles. Hast du das gesagt? Nein, das hat der Graf von Oxford geschrieben ...

Trotzdem, das Gleichnis ist denkbar schräg, ungünstig, unlogisch. Ich schlage vor: Die Diener des Bräutigams klauben auch jene Schreckschraube Sonnekalb auf und schleppen sie zum Hochzeitsmahl, und sie hat ihre Silberquetschzange nicht dabei und kann nichts essen und schlucken, und da wird der Bräutigam unwirsch: »Schmeckt es Ihnen nicht? Ist Ihnen vielleicht das Essen nicht gut genug? Soll ich den Hummer noch mit weißen Trüffeln garnieren lassen? vielleicht?« Und die Alte in ihrer Blödheit stottert nur etwas -

Auch nicht sehr gut, das Gleichnis, aber immerhin etwas besser. Wenn ich so beißschwach wie die Schildkrötenäugige wäre, hätte ich, bereit sein ist alles, immer meine Silberquetschzange dabei. Und daß sie an Händen und Füßen gebunden und hinaus -

- sie wurde, sehr bald schon, hinausgeschleudert in die eisige Finsternis, in das schwarzschlierende

Wasser, in die klirrstarrende Flüssigtiefe, und ob sie noch lang geheult und mit ihren falschen Zähnen geknirscht hat, weiß ich nicht. Ich flog neben Lorna Finferli, der der messerscharfe Wind alle Textilien von ihrem Sonnenleib geschnitten …

Aber es paßt zu dir, Jesus, diese eisige Kälte, diese schneidende Rigorosität. Wie du mit deinen Anhängern umgegangen bist: »Weg von mir, Satan!« zu Petrus, weil der einmal etwas nicht ganz Unvernünftiges gesagt hat, was dir aber nicht paßte. Oder zu deiner alten Mutter und deinen Geschwistern: »Wer ist schon meine Mutter …!« *Marcus 8,33* und *Matthäus 12,48*. Und von wegen: liebe deine Feinde … ich habe nicht das Gefühl, daß du für deine Feinde, die Pharisäer und die Schriftgelehrten und die Johannesjünger, sonderliche Sympathien aufgebracht hast, wenn man so nachliest, was du denen alles an den Hals gewünscht hast.

O Jesus. Und trotzdem liebe ich dich, du herber, bitterer, humorloser Jesus. O Haupt voll Blut und Wunden. Das stammt nicht aus dem »Trompeter vom Wolfgangsee«. Ist aber auch gut.

*

So bist du hinausgeschleudert worden in die Finsternis der Vergessenheit, Wurmb, armer Wurmb. Ich hebe dich herauf zu mir, einzig ich, zu mir auf das

Horn des Eilands St. Gefion im Eismeer. Ich glaube an dich, Rudolf Wurmb (oder Robert?), glaubst du dafür an mich? an Gott Kadon? Wir schauen hinaus in die dunkelgrauen Fluten in den orangefarbenen Dunst, der vom Sonnenlicht übrigbleibt, nachdem es die omelettartigen Wolken durchdrungen hat, und wir singen eine Arie, nein, ein Duett aus deiner Oper »Ahasver«:

Ahasver: »Im Eisloch sitz' ich hier.«
Ich: »Es hilft dir nichts, es ist vergeblich.«
Ahasver: »Und hoff', daß ich erfrier'.«
Ich: »Es hilft dir nichts, bist ewigleblich ...«

Ich weiß, kein Reim, der einem die Zehen gerade hält, aber gesungen versteht man's eh nicht. Die Szene aber ist, finde ich, gut: der Ewige Jude, der Gott zwingen will, ihn sterben zu lassen, sich, dem Gott den Tod abtrotzend, in der unwirtlichen Eiswildnis in ein Loch setzt ohne Brot und ohne Wasser... Stirbt doch nicht. Hat Rudolf (oder Robert?) Wurmb für seine Oper als Finale ein Perpetuum mobile komponiert? Hört die Oper nie auf, wenn sie einmal leichtfertigerweise inszeniert wurde? Ewig, ewig weitergespielt? Die Bordkapelle spielt und spielt, bis –
Wir hatten keine Bordkapelle, nur eine Hifi-Anlage, die flog auch hinaus ins Meer, spielte aber nicht mehr lang.

*

Zum Nachtisch Pfirsich-Melba. Vorher frischer Spargel. Der Spargel war in Südafrika heute früh gestochen worden, vor Sonnenaufgang, wie es sich gehört, und mit einem Helikopter zu uns aufs Schiff gebracht worden. Sie tun etwas für die 12.000 Mark Passage, die jeder zahlt. Fast jeder. Angeblich ist einer dabei, ein Journalist, der zahlt nichts.
Frau Lorna Finferli, die Sternenäugige, die grüne Sonne, in netzartiges Gold gekleidet, das ihren Pfirsichleib durchschimmern läßt, sitzt wieder am Tisch des Kapitäns. Was redet sie mit dem Kapitän? Was redet der Kapitän mit ihr? Ich wünschte, der Kapitän wäre blind, daß er den Pfirsichleib nicht sähe, der so spärlich von nebelfein Seidigem umhüllt ist, nein: umspannt. Grüne Schuhe – was für Schuhe! Was für Füße in diesen Schuhen. O mondhelle Waden, o Körperleib, der sich von innen gegen die umspannende Goldseide preßt. Der Nabel, du goldene Gruft dieses Nabels. Ich darf gar nicht an andere goldene Grüfte denken –
Ich wünsche dem Kapitän Blindheit, da er so nahe am Nabel sitzt. Ich wünsche, um es nochmals zu sagen, Blindheit dem Kapitän.
Wenig später erfüllte sich mein Fluch.
Was redet sie mit dem Kapitän? Wenn nicht dieser Eyring oder Dr. Eyring die ganze Zeit quasselte, und wenn nicht die Schildkrötenäugige mit ihrer Silberquetschzange ununterbrochen quetschte und dann schmatzte, verstünde ich vielleicht, was Lorna zum

Kapitän sagt. Einen Moment setzt Eyrings Quassel, setzt Schildkrötenquetsch aus, und ich höre das Wort, das erste Wort aus Lornas Mund: »Ungewißwind.« Und das letzte.

*

Ich kann mich, wie gesagt, gut hineindenken, ich, Gott Kadon. Ich kann mich in die Großapachen hineindenken, in den Zeus, den Jehova, den Marduk und das ganze Gesindel, kann es gut verstehen, wenn ich so den weinerlichen Bergassessor anschaue, der da herumschlurft und jammert: »Heilgewehmutewigwährenmeineschmerzenmeinezähren –«, und die schildkrötenäugige Falthalsin und den Eyring oder Dr. Eyring mit seiner Wurstseele, daß man dem Menschenhaufen nicht wohlgesinnt ist, daß man, wie der Zeus und der Jehova und der Marduk nur drauf aus ist, dem Gewimmel da unten eins auszuwischen, sofern es nicht brav auf dem Bauch vor einem liegt und tüchtig Opfer verbrennt; dasjenige zu unseren Ehren verbrennt, was ihnen am liebsten ist, wovon sie sich am schwersten trennen, von makellosem Vieh, von den Erstlingen der Ernte und, gar nicht so selten, von den eigenen Kindern, die gnadenlos »durchs Feuer gehen« müssen, das heißt, lebendig verbrannt werden zu Unseren Ehren, wie eben jene unglückliche Tochter des Jephta –

– und damit wir, Zeus und Jehova und Marduk und ich, Gott Kadon, wieder für einige Tage Ruhe geben, weil uns »angenehmer Duft in die Nase steigt«, wie es in der Bibel heißt.

Wir mißgünstige Götter. Aber sagen Sie, ehrlich, kann man dem verbrecherischen Menschenpack günstig gestimmt sein?

Nein, nein. Er hat uns beiseite geräumt. Ja, ich liebe dich, trotz allem, du süßer – nein, eben nicht süßer, sondern bitterer, herber Menschensohn. Ein Gott warst du nicht, *grade* nicht – sonst hättest du uns ja beiseite geräumt, du kleiner Mensch. Ich liebe dich. Du hast deine Weltsekunde gehabt, als du auf dem ausgeliehenen Esel (war auch nicht so ganz hasenrein, ausgeliehen, ohne daß der Eigentümer etwas davon gewußt hat, aber wir wollen nicht juristisch werden, und du hast ihn ja wohl, steht zwar nicht drin in der Schrift, zurückgegeben), als du auf dem ausgeliehenen Esel, nein: der Eselin unter dem Jubel der Proletarier in die Stadt Jerusalem eingezogen bist. Es war ein Fehler. Die Großköpfe, die Diener des Großapachen, haben das mit Mißtrauen beobachtet. Da haben sie im Heiligen Offizium getuschelt, da hat es in den Kongregationen gebrodelt, heimlich, versteht sich, alles unter dem Deckel, und dann hat der Erste Diener aller Diener des Großapachen entschieden: Der bringt ja unseren ganzen Katechismus durcheinander, der muß weg, dieser – wie heißt er? – Jesus, ein Galiläer. Schon diese Sprache. Säxsch. »Säälisch sindde

Sanftmietschen ...« Aber man will sich die Hände nicht schmutzig machen. Am besten, wir zeigen ihn bei der Besatzungsmacht an. »Gäänich der Soxn«, hat er gesagt, aber das reicht dem Römer natürlich nicht. Also: was? »Die Römer, Eminenz«, sagte ein seifiger Prälat, »sind gegen eins allergisch: gegen Zauberer, Mystagogen, Wunderheiler und dergleichen. Drauf steht die Todesstrafe ... wenn es nicht ihre eigenen Auguren sind.«
Also erfanden sie deine Wunder.
O nein, du warst kein Gott. Du warst viel mehr: ein Mensch. Du hast erkannt, daß es Gott gibt, weil es ihn nicht gibt, weil er außer dem Sein ist, sein muß, weil er sonst nicht denkbar ist. Du bist der Erkenner. Du hast die alten Krempelgötter, die mißgünstigen Nasen weggefegt - auch mich? ich nehme alles zurück, bin nicht Gott Kadon, bin es nie gewesen, nehme es mit Bedauern zurück -, hast uns erlöst von dem Götterschrott, von Marduk, Jehova und Zeus, hast erkannt, daß Gott, der eine Gott, der Wahre Gott, der GottDerIstWeilErNichtIst uns wohlgesinnt ist. Er braucht keine Brandopfer -
»- wie? was? was hat er gesagt? Das wäre ja noch schöner. Und wo bleiben wir, Herr Erzbischof, wenn das einreißt?«
- er liebt uns. Jawohl. So ist das. Wir brauchen nicht beim heiligen Sakramentus anzuläuten, daß er bei ihm um Gutwetter bittet für unsere Wehwehchen. Es ist immer Gutwetter bei dem NichtSeiendSeienden -

Nein, ein Gott warst du nicht. Da hast du, arm und klein, am Ölberg Blut geschwitzt, während die anderen geschlafen haben, deine Freunde. Da warst du ein wenig unwirsch. »Nicht eine Stunde konntest du wachen?« (*Marcus 14,37*) Sind halt eingeschlafen, die Guten, waren müde, waren anstrengende Tage – hast du das nicht verstanden? Ja, gut. Du warst nervös. Schließlich hattest du Angst, berechtigte Angst, wußtest, ahntest zumindest, was sich da zusammenbraut. Es war vielleicht ein Fehler, so ein Remmidemmi in Jerusalem zu machen. Und alles auf galiläisch, das die feinen Hauptstädter von vornherein als komisch empfinden.

»Laß den Kelch an mir vorübergehen, aber wenn es sein muß –« Nein, so betet kein Gott. So betet ein Mensch, der Angst hat. Und dann sind sie alle davongelaufen, und du warst allein, klein und unselig. Die Zweimeterbüttel haben dich festgehalten links und rechts, und der Oberapachendiener, Seine Eminenz von der Heiligen Inquisition, hat dich verhört, nein, eher verhöhnt – und du hast nichts mehr gesagt, vor Angst vielleicht, oder vielleicht, weil du gewußt hast, daß es sinnlos ist, daß sie dich beseitigen *wollen*, auf Teufel komm 'raus. (Ist dringeblieben – oder vielmehr, wieder hineingeschlüpft danach, ist drin bis heute. Wo? Na ja, eben dort.)

Der Rest ist bekannt. Jener Pontius Pilatus hat, um des lieben Friedens willen ... und die Hände in Unschuld gewaschen: ein Prophet mehr oder weniger, und Ruhe ist nicht nur die Erste Bürgerpflicht, sondern auch das, was der Chef vor allem wünscht.

Da haben sie dich also niedergeknüppelt und nackt ausgezogen und bespuckt und gezwickt, muß ein hervorragendes Gaudium für die feschen Gardesoldaten gewesen sein, und dann angenagelt, bis du – verzeih den Ausdruck, aber es ist nicht anders zu sagen –, bis du verreckt bist. Ist denn niemand da, der mir hilft? hast du vielleicht gedacht, sofern du überhaupt vor Schmerzen denken konntest. Und dann hast du geschrieen: »Eli, Eli, lama, lama asabthani! Das ist: Mein Gott, mein Gott, warum hast du mich verlassen!« Nein, dein Gott hat dich nicht verlassen, du hast es nur nicht gemerkt, daß er bei dir war – verständlich in der Situation, die man sich nur schwer vorstellen kann, weil man ja noch nie angenagelt war, zum Glück. Gott war bei ihm, seinem Menschensohn, und wenn der Menschensohn nicht gekreuzigt worden wäre, krähte kein Hahn mehr nach ihm heute, wären er und seine Lehre vom Guten Gott vergessen, so wie Hunderte von Propheten, die damals herumgepredigt haben. Aber deine Freunde haben dich verlassen, und deine Familie. Später hat sie sich dann malen lassen, die Familie: die Jungfrau Mutter unterm Kreuz. Nebbich. Gelogen. Sie war nicht da. Maria aus Magdala war da, die Rothaarige, mit der du, wenn man einigen Nachrichten glauben darf, sehr – sagen wir einmal, sehr gut befreundet warst, es sei dir von ganzem Herzen vergönnt –

*

»Sind Sie jetzt bald mit Ihrer Predigt fertig, Herr Kadon?«
»Gleich, Herr Baron.«

*

Und eine andere Maria, die Mutter des kleinen Jacobs und des Joses, und eine gewisse, anderweits nicht bekannte Salome, die aber bestimmt nicht jene Salome war, die für den Herodes gestrippt hat. Sonst niemand. Erst danach haben sie in Galiläa Atem geholt von der Flucht, und langsam, nachdem Gras über die Sache gewachsen war, haben sie sich aus ihren Verstecken herausgetraut und sind zusammengekommen und haben einander gefragt: »Un was machn wär nuh?«
Sie haben dich, du herber, bitterer Jesus, mit Legenden umkränzt, haben dich auf Taschenspielertricks und Wunder und Raketenstartimhimmel reduziert – unwürdig, unwürdig! – und haben bei der Jungfraugöttin – Isis-und-Mutter-des-Osiris – Anleihen genommen. »Wie bitte, was?« hat die alte Frau in

Nazareth gefragt, »jungfräulich? Daß ich nicht lache bei sieben Kindern, drei vor ihm und drei danach.« (*Matthäus 13,56* - vier Brüder Jesu, die dort sogar mit Namen genannt werden, und mindestens zwei Schwestern.)

Ich liebe dich, trotz deiner gelegentlichen Kälte, trotz deiner Humorlosigkeit, und für deine Apostel und Prälaten und Ritenkongregationen und St. Offizien nachher kannst du nicht verantwortlich gemacht werden. »Eli, Eli, lama asabthani«, so hängst du am Kreuz, elender, kleiner, verlassener Menschensohn, und dann hast du deinen Geist aufgegeben. »Nun ist der Herr zur Ruh gebracht. Mein Jesu, gute Nacht!« As-Dur. (Nicht von Viktor Neßler. Auch nicht von Wilhelm Freudenberg. Auch nicht vom armen Wurmb. Von einem anderen.)

»Ende der Markionitischen Predigt, Herr Baron.«

»Warum aber«, fragte die schildkrötenäugige Frau Sonnekalb, »mögen Sie den heiligen Innozenz Maria Halbvogel nicht? Ich finde es nicht richtig, daß Sie sich über ihn lustig machen. Er war doch ein guter Mensch.«

An und für sich verschwende ich, Gott Kawethon, keinen Gedanken daran, was so eine Schildkrötenäugige für richtig oder nicht für richtig hält. O heiliger Halbvogel, ich weiß nicht, ob je so ein Zelot ein guter Mensch sein kann. Jedenfalls ist das, was du gepredigt hast, der tiefste Aberglaube, zu dem die Frohe Botschaft herabsinken kann, o du unbeschuhter Weihwasserverspritzer, o du, der du da glaubst, daß siebenundsiebzig Vaterunser mehr bewirken als sechsundsiebzig, o du Himmelhund (ich will wahrlich nicht sagen: Höllenhund, das nicht, obwohl du an die Hölle geglaubt hast, in die die anderen kommen), laß dir sagen, daß das, was du da um dich gespritzt hast, die schwärzeste Häresie war, bei Licht betrachtet. O Lorna Finferli, wenn doch du, statt der Schildkrötenäugigen, einmal das Wort an mich richtetest. Du richtetest aber nicht.

*

»Da war einmal«, sagte der Baron im Rauchsalon, »ein Onkel von mir, also, um genau zu sein, ein Vetter meines Vaters, einer aus der nahezu Myriaden Mitglieder zählenden Familie derer von Keyserling, bei uns zu Besuch. Er kam zur Tür herein, und ehe er auch nur ein Wort der Begrüßung sagen konnte, befiel ihn ein Zahnweh von so entsetzlichen, ja außermenschlichen, um nicht zu sagen außerirdischen Ausmaßen, daß er wie ein Luftballon, aus dem die Luft entweicht, in der Halle hin- und herschnellte, sich die Backe hielt, schrie wie ein Spießrutenläufer und sich zunächst ins Rötliche, dann ins Violette, dann ins Bläuliche und endlich ins Grünliche verfärbte – was für ein Anblick, ächzte mein Vater: ein grüner Keyserling! man könnte meinen, die Welt geht unter –, und das Weiße der Augen verfärbte sich ins Gelbe. ›Arved! Arved!‹ schrie meine Mutter, ›was ist dir?!‹ Keyserling deutete nur in seinen weit aufgerissenen Mund. ›Durst?‹ schrie meine Mutter. Keine abwegige Frage, selbst in dieser Situation nicht. Alle Balten haben immer Durst. Apropos: Steward! noch einen Klaren. Wo war ich stehengeblieben? Ja – beim Durst. ›Er hat, glaube ich, Zahnweh‹, sagte eine meiner Schwestern, ich weiß nicht mehr, welche es war. Ich hatte vier Schwestern, alle älter als ich. Bei den Gnalkows ist es seit Jahrhunderten so, daß immer erst nach vier Töchtern ein Sohn zur Welt kommt. Mein jüngerer Bruder hat, zum Beispiel, nur vier Töchter, keinen Sohn. Logisch: er hat zu früh aufgehört. – Danke, Steward, Sie können gleich die Flasche dalassen. Wo war ich stehengeblieben? Ja, bei meiner Schwester. ›Nein‹, meinte meine Schwester, ›ich glaube, er hat Zahnweh.‹ Inzwischen raste Arved Keyserling vor Schmerzen die breite Treppe hinauf, raste wieder herunter, brüllte, drehte sich um sich selber wie eine Ballerina, warf sich auf den Boden, schlug Purzelbäume – kurzum, wir erwarteten, ihn im Wahnsinn versinken zu sehen. Inzwischen wurde Wodka angewärmt und gezuckert – ein baltisches Hausmittel, hilft praktisch gegen jedes Gebrechen, selbst Krebs soll damit schon geheilt worden sein. Zwölf Jäger, die rasch hereingerufen wurden, hielten den tobenden Keyserling fest, und mein Vater goß ihm den heißen, gezuckerten Wodka in den Mund.

Etwa zwei Liter. Keyserling schlief sofort ein. Man brachte ihn in eins der Gästezimmer, dort schlief er eine Nacht, einen Tag und wieder eine Nacht, und als er dann erwachte – es waren eben die russisch-orthodoxen Ostern und ein Höllenlärm draußen –, torkelte er die oben schon erwähnte Treppe hinunter, brüllte, daß das Zahnweh noch schlimmer geworden sei, trotz des heißen, gezuckerten Wodkas, stolperte auf der vorletzten Stufe, rammte im Sturz einen der gußeisernen Kandelaber, brach sich das linke Schienbein – und – ob Sie es glauben oder nicht: Das Zahnweh war weg.«

»Ist beim Sturz der kranke Zahn herausgebrochen?« sagte der Bergassessor.

»Keineswegs! es war alles wie vorher – nur eben das gebrochene Schienbein, das aber, menschenkörperlich gesehen, weit von dem Zahn entfernt angesiedelt ist. Ein geheimer Zusammenhang? ein medizinisches Rätsel? Ein Professor aus Königsberg interessierte sich für den Fall, und tatsächlich brachte er heraus, daß –«

*

Das Knacken hatten wir nicht wahrgenommen. Der Kapitän auf der Brücke des Schiffes schrie: »Merde!« Ein Riß schlängelte sich, den Rauchtisch umfahrend, durch den Fußboden – man erinnere sich, daß ich dem Kapitän Blindheit anfluchte –, aber so hatte ich es nicht gemeint. Die schildkrötenäugige Alte sank samt Sessel in den Spalt, zu dem sich der Riß alsbald erweiterte, die Wand mir gegenüber verschob sich von der Form eines Vierecks in die eines Rhombus, dann traten die Bretter dieser Wand auseinander – der Kronleuchter flatterte in mehreren tänzerischen Windungen zu Boden, Herr Eyring oder Dr. Eyring kam zwischen den sich langsam in Splitter auflösenden Brettern herangeflogen, zog an mir vorbei, verflachte seine Gestalt flunderartig und verschwand auf der anderen Seite durch das Servierfenster. Quallenartiger Staub verbreitete sich. Ich hielt mich am Sessel fest, allein der Sessel wurde mir entwunden, und ich sah einen Teil der Reling zur Schnecke verformt zu mir emporgleiten. (Alles in einem Bruchteil einer Sekunde.) Der große Musikapparat aus dem Damensalon flog quer zu meiner Flugrichtung und spielte, nein, nicht den Choral »Näher, mein Gott, zu dir«, sondern den Maitanz aus dem »Trompeter von Ofterdingen«, verstummte allerdings, als das Kabel riß. Verschiedene, nur noch schwer als Teile des Schiffs erkennbare Stücke entfernten sich an mir vorbei nach oben. Ein Sofa, auf dem noch ein, vermutlich aber vor Schreck schon verstorbener Passagier saß, ich kann seinen Namen nicht nennen, weil ich auf der ganzen Fahrt vorher nicht Gelegenheit hatte, ihn kennenzulernen, entfernte sich schräg nach unten ins Wasser. Ein Steward trudelte, sein Servierbrett umklammernd, wobei er versuchte, ein Stück Torte festzuhalten, an mir vorbei. Ein Hagel von Schrauben traf mich nicht unempfindlich am Rücken und an einer schicklicherweise nicht zu nennenden Stelle. Der vom Baron zu einer – jetzt sah ich's – Venus geschnitzte Edamer wirbelte kurz und flach vorbei.

Und –

– und Lorna Finferli verließ ihre Kleider, und ihr unvergleichlicher Körperleib flog eine Kometenbahn, oh schwarze Sonne, oh leuchtende Unkeuschheit, oh goldenes Schwarz, oh aprikosensamtige Brüste – ein Bruchteil einer Sekunde – täuschte ich mich, und sie, die nackte, die nun splitternackte, die in ihrer nicht anders als gloriosen Nacktheit schimmernde Lorna Finferli winkte mir zu? »Ach, das war ein kurzes Glück!« wie es im »Trompeter von Ofterdingen« heißt.

*

So sitze ich also auf dem Horn, dem einen Horn meiner Insel St. Gefion, und schaue in die blauen Klüfte hinaus, in das Blau, das weiß ist, das golden glänzt. Die Vielfalt der Zacken und Spitzen und Abbrüche – ich sage nur: hypergotische Eiskathedralen, Traum eines erfrierenden Dombaumeisters –, was die Natur (oder wer?) hier so völlig nutzlos an Formen hervorbringt, ist kaum zu glauben. Nutzlos. Wofür? Niemand sieht es. Es wechselt zwar nicht von Sekunde zu Sekunde, dazu macht die Kälte zu träge, aber von Minute zu Minute. Ausgefeilteste Proportionen. Wozu? Säße nicht ich hier oben, sähe es niemand. Vielleicht ist diese ganze weiß-eis, gold-eis, blau-eis zerklüftete Zuckerwelt gar nicht da, wenn ich sie nicht anschaue? Es gibt so Philosophien in der Richtung, aber ich glaube, die taugen nicht viel.

*

Ich verabschiede mich von der Welt. Ich wär' gern der Gott Kadon euch gewesen, es wär' zu schön, es hat nicht sollen ...

Sein. Der Kenning fürs Nichtsein. Er ist mir immer noch nicht eingefallen. »Die Trompete des Trompeters von Ofterdingen«?

Ich sitze mit dem Bergassessor auf meinem rechten Knie auf dem linken Horn meiner Insel St. Gefion.

»Es ist schwer genug«, murmelte der Bergassessor, »die Werke zu schreiben. Es den Leuten auch noch erklären zu sollen, was die Ungereimtheiten darin bedeuten, ist zuviel verlangt.«

Die gefrorene Luft über unseren Köpfen türmte sich schon zu gläsernen Bischofsmitren. »Meine ist eine Erzbischofs-Mitra«, sagte der Bergassessor. »Meinetwegen«, sagte ich, »ich habe in dieser Richtung keinen Ehrgeiz.« »Ich habe einmal ein Gedicht geschrieben«, sagte der Bergassessor. »Ich weiß«, sagte ich. War der Würfel aus Gold? War er immer aus Gold gewesen? Ich hatte ihn stahlfarben in Erinnerung. War das Gold nur von einer geheimnisvollen stahlfarbenen Schicht überzogen? Vielleicht von Stahl-Eis? oder Eis-Stahl? Wenn ich so richtig stark in meine Erinnerung hineinhorche, glaube ich jetzt, damals gesehen zu haben, daß das Gold durch die Stahlfarbe hindurchschimmerte. Gewöhnlich war der Würfel, den ich, wie man sich erinnere, Kaweh genannt habe und den ich jetzt mit der Anreicherung einer ganzen Silbe ehre: *lpo* – also Kawelpo, mit einer Ecke nach oben geschwommen oder getrieben; sie verstehen, so:

– seine Kantenlänge und damit seine vollständige Größe verschleiernd. Ich weiß selbstverständlich, daß ich in der Lage sein müßte, die Art, wie der Kawelpo-Würfel im Eismeer schwimmt, mit Wörtern zu beschreiben, nicht das Mittel der Zeichnung zu Hilfe nehmen zu müssen. Aber es ist kalt. An den Händen (auch denen des Bergassessors) bilden sich gläserne Bischofsringe. Ich kann die Hände kaum noch bewegen. Bald, vermute ich, werden wir erfrieren. Ich überlege mir in dieser Situation jedes Wort zweimal, bevor ich es niederschreibe. Man wird das verstehen. Der Bergassessor ist schon an meinem

Knie festgefroren. Wenn wir sprechen, bildet sich von unserem Mund weg eine Trompete aus Eis. »Die Eistrompeter von Sankt Gefion.«
Wie? was?
Da fällt mir ein, daß ich ja mit dem Laptop schreibe. Also frisch durch die eisigen Wellen. Das Tippen geht leicht auch mit klammen Händen: Der Kubus, der Würfel Kawelpo, steckte schräg im Boden, damals, ragte nur mit einer Kante heraus, und genauso schwamm er all die Zeit, eine dreiseitige Pyramide mit versenkter Basis bildend – ist es so klar? ohne daß man die Skizze zu Hilfe nehmen muß? Immer noch nicht ... gleich rammt er unten die Insel – und ich merke, daß er seine Lage verändert hat. Er schwimmt flach, eine ganze Seite flach nach oben gekehrt, knapp über Wasser, das heißt: das meiste vom Würfel unter Wasser, nur eine Fläche, wie ein quadratisches Brett, über Wasser, von den trägen, schlierigen Wellen lustlos (verzeihen Sie den Anthropomorphismus) umspült. (Merken Sie, daß ich einen weiteren Anthropomorphismus vermeide und nicht »umspielt« gesagt habe?) Und was sehe ich! Einen Punkt. Mitten auf der Fläche des Kawelpo ein Punkt. Ein großer, riesengroßer, schwarzer Punkt. Der Würfel selber nicht nur riesengroß, sondern schon gigantisch. Ein Punkt: EINS. Wer hat EINS gewürfelt?
»Ich habe ein Gedicht geschrieben«, sagte der Bergassessor, »es geht so:

Hinüber wall' ich,
und jede Pein
wird einst ein Stachel
der Wollust sein.«

»Besser ist«, sagte ich:

»Hinüber fall' ich
und jedes Bein
wird einst eine Gabel
voll Wolle sein.«

»Gabel voll Wolle ist schlecht«, sagte er, »besser so:

Hintüber fall' ich
mir stellt ein Bein
Will einst ein Knabel
in Völker sein.«

»Völker, hört die Signale!« sagte ich.
»Was heißt das?«
»Gar nichts. So sagte man früher.«
Er war jetzt nahe daran, ein Knabel zu werden. Nebel zog unten Spiralen um St. Gefion. Bald wird er sich heraufgewunden haben. Ob der Nebel vielleicht warm ist? Ich weiß schon gar nicht mehr, was Wärme ist. Aber wie ich die Gegend hier kenne, ist der Nebel eher noch kälter als die bisher uns zugeteilte Luft. Der Würfel rollt sich auf die Insel. Wie Honig

von urweltgroßen Gletscherbienen tropft langsam das Wasser vom Würfel. EINS verschwindet. FÜNF sehen wir, dann DREI.
Der Kenning fürs Nichtsein: »Gottes Würfel«. Mit dem er aber nicht würfelt. Oder doch?

*

Womit ich mich verabschiede. – Es wär' zu schön gewesen …

*

Und niemand wird je erfahren, warum das Zahnweh des Grafen Arved Keyserling schlagartig verschwand, als er mit dem Schienbein den gußeisernen Kandelaber rammte. Und warum der Spiegelstrich Spiegelstrich heißt, weiß man auch nicht.

*

… Es hat nicht sollen sein. gez. Kadon. Ehemaliger Gott.

Herbert Rosendorfer
Die Schönschreibübungen des Gilbert Hasdrubal Koch

Roman
KiWi 617

Skurril und abgründig, komisch und vertrackt, böse und schelmisch, so kommen die Geschichten dieses Buches daher. Mit den »Schönschreibübungen des Gilbert Hasdrubal Koch«, liefert Herbert Rosendorfer einen weiteren Beweis seines durchaus nicht behaglichen Humors. Die Geschichten, Fabeln und Grotesken betreiben Kalligraphie der philosophischen Art.

KiWi Paperbacks bei Kiepenheuer & Witsch